그들은 말을 쏘았다.

They Shoot Horses, Don't They?

Horace Stanley McCoy

They Shoot Horses, Don't They?

그들은 말을 쏘았다

호레이스 맥코이 지음 · 송예슬 옮김

RAINBOW PUBLIC BOOKS

차 례

피고인은 자리에서 일어나시오.

1

자리에서 일어났을 때,
건물 밖 벤치에 앉아 있던 글로리아의 모습이
스쳐 지나갔다.
총알이 이제 막 그녀 옆머리에 박혀
피가 미처 솟구치지도 않은 순간.
권총의 섬광이 그녀 얼굴에 번쩍였다.
모든 것은 대낮처럼 명료했다.
그녀는 아주 차분하고 편안하게 떠났다.
총알에 맞은 충격으로 고개가 반대쪽으로 살짝
기우는 바람에 옆모습이 똑바로 보이지는 않았지

만, 그녀의 눈과 입은 틀림없이 웃고 있었다.
그녀가 깜깜한 밤 태평양 끝자락에서 고통스럽게,
친구 한 명 없이 살인자 손에 죽었다고 주장한
검사의 말은 거짓이었다.
정말 아무것도 모르고 하는 소리였다.
그녀는 고통스럽게 죽지 않았다.
차분하고 편안하게, 웃으면서 떠났다.
내가 그녀의 웃는 모습을 본 건 그때가
처음이자 마지막이었다.
그러니 어떻게 그녀가 고통스럽게 죽었다고
할 수 있겠는가?
더구나 그녀는 혼자가 아니었다.
나는 그녀와 가장 가까운 친구였다.
그녀의 유일한 친구.
그러니 어떻게 그녀가 친구 한 명 없이 죽었다고
할 수 있겠는가?

선고를 유예할 법적 근거가 있소?

2

뭐라 말해야 할까? 모두가 날 살인범으로 알고 있고 유일하게 날 도울 수 있는 사람마저 죽고 없다. 그러니 나는 판사를 바라보고 가만히 서서 머리를 가로저을 뿐이었다. 나의 무고함을 증명할 길은 없었다.

"선처를 부탁드립니다." 법원이 내게 붙여준 변호사 엡스타인이 말했다.

"뭐요?" 판사가 말했다.

"재판장님, 간곡히 선처를 부탁드립니다. 이 자가 살인을 저지른 것은 사실이나 엄밀히 말해 피해자의 부탁을 들어준 것이니…"

판사가 날 보며 책상을 쾅 내리쳤다.

선고를 유예할 법적 근거가 없으므로…

3

글로리아와의 인연은 조금 우습게 시작되었다. 처음에는 몰랐지만, 그때 그녀도 나처럼 어떻게든 영화판에 들어가려 애쓰는 신세였다. 그날 나는 파라마운트 스튜디오(미국 로스앤젤레스 할리우드 지역에 있는 파라마운트 픽처스사Paramount Pictures社 소유의 영화 제작소. 영화와 드라마 촬영이 이뤄지는 세트장이 들어서 있음 - 역자 주)에서 출발해 멜로즈 거리를 걷던 중에 누군가 "저기요! 저기요!" 하고 외치는 소리를 들었다. 돌아보니 그녀가 손을 흔들며 내 쪽으로 달려오고 있었다. 나는 걸음을 멈추고 손을 흔들어 알은척

했다. 바로 내 앞까지 달려와 격하게 숨을 몰아쉬는 그녀를 본 후에야 우리가 초면임을 깨달았다.

"저 망할 버스." 그녀가 말했다.

주위를 둘러보니 반 블록 떨어진 거리에서 웨스턴행 버스가 멀어지고 있었다.

"아, 난 또 나한테 인사하는 줄 알고…"

"그쪽한테? 내가 왜?"

나는 멋쩍어 웃었다. "그러게요. 우리 같은 방향인가요?"

"웨스턴으로 가는 길이라면요." 우리는 함께 웨스턴으로 걸어갔다.

그렇게 모든 것이 시작되었다. 이제 와 돌이켜보면 이상하기만 하다. 지금 나는 아무것도 이해할 수 없다. 생각하고 또 생각해보아도 이해할 수 없다. 그것은 살인이 아니었다. 나는 부탁을 들어주었을 뿐인데 죽을 처지에 놓이고 말았다.

그들은 날 죽이려 들 거야.
판사가 뭐라고 말할지 나는 정확히 알고 있지.

그의 표정만 봐도 사형선고를 내리고
싶어 한다는 걸 알 수 있어.
내 뒤에 앉은 사람들도 사형선고를
듣고 싶어 하겠지.
안 봐도 그런 기운이 느껴져.

글로리아를 만난 그날 아침, 내 상태는 썩 좋지 않았다. 여전히 찌뿌둥한 몸을 이끌고 파라마운트 스튜디오를 찾은 것은 그곳에서 폰 스턴버그(조셉 폰 스턴버그. 오스트리아 출신의 영화감독. 파라마운트 스튜디오와 8년여간 협업하며 '상하이 특급Shanghai Express' 등 다수 영화를 제작함 - 역자 주)가 러시아 배경의 영화를 찍고 있으니 어쩌면 일자리를 얻을지도 모른다는 기대 때문이었다. 폰 스턴버그나 마물리언(루벤 마물리언. 러시아 출신의 영화감독. 스타일리시한 연출로 명성을 얻음 - 역자 주), 아니면 볼레슬라브스키(리처드 볼레슬라브스키. 러시아 출신의 영화감독이자 배우이며 연기 강사로도 유명했음 - 역자 주) 같은 감독 밑에서 일하는 것은 내 꿈이기도 했다. 돈을 받으며 그런 감독이 연출하는 모습을 볼

수 있다면…, 촬영 기법 같은 걸 배울 수 있다면…. 나는 이런 생각을 하며 파라마운트 스튜디오로 향했다.

그러나 안으로 들어가지 못해 정문 밖만 기웃거렸고 정오가 되어서야 점심을 먹으러 나온 연출부원을 겨우 만났다. 나는 그를 붙들고 혹시 엑스트라 자리가 남았는지 물었다.

"아뇨." 그는 폰 스턴버그 감독이 엑스트라 배우를 아주 까다롭게 고르는 편이라고 덧붙였다.

자존심 상하는 말이었지만 그가 왜 그런 말을 하는지도 알 만했다. 딱 봐도 나는 볼품없는 옷을 입고 있었으니까. "의상을 주지 않나요?"

"저희 엑스트라들은 전부 센트럴 소속이어서요." 그는 이렇게 말한 뒤 자리를 떴다.

딱히 갈 데도 없던 나는 세상에서 가장 위대한 감독이 되어 비싼 롤스로이스를 몰고 다니는 상상을 하며 거리를 혼자 거닐기 시작했다. 그러다 글로리아가 외치는 소리를 들은 것이다. 이제 좀 설명이 됐으려나?

*

우리는 멜로즈에서 웨스턴으로 가는 길 내내 대화하며 서로를 알아갔다. 웨스턴에 도착했을 때, 그녀의 이름이 글로리아 비티이며 나처럼 변변찮은 엑스트라 배우라는 것을 알게 되었다. 그녀도 나에 대해 조금 알게 되었다. 그녀가 무척 마음에 들었다.

그녀는 베벌리 인근의 작은 방에서 다른 사람들과 함께 생활한다고 했다. 거기서 몇 블록 떨어진 곳에 살았던 나는 그날 밤 그녀를 다시 만났다. 그 만남이 아니었다면 정말 아무 일도 일어나지 않았겠지만, 나는 지금도 그때 그녀를 보러 간 것을 후회하지 않는다. 내 수중에는 소다수 가게에서 일하고 받은 돈이 70달러쯤 있었다. (친구 대타로 한 일이었다. 친구는 사귀던 여자 몸에 문제가 생기자 그녀가 수술받을 수 있도록 함께 샌타바버라로 떠났다) 나는 글로리아에게 영화를 보러 가거나 공원에 놀러 가자고 제안했다.

"공원이요?" 그녀가 물었다.

"여기서 조금만 걸으면 나와요."

"그러죠. 난 지금까지 꽤 많은 영화에 출연했어요. 내가 웬만한 여배우들보다 못하다면 그쪽 모자를 우걱우걱 씹어먹겠어요. 일단 어디 앉아서 사람들 욕 좀 실컷 해야겠는데…"

나는 그녀가 영화 대신 공원을 선택해 내심 기뻤다. 공원은 언제나 분위기가 괜찮았고 앉아 있기에도 좋았다. 면적은 한 블록 정도밖에 되지 않았지만, 어둡고 조용하며 관목이 빽빽이 들어선 점이 마음에 들었다. 주위에는 십여 미터쯤 되는 야자나무들이 무거운 머리를 이고서 공원을 둘러싸고 있었다. 그래서인지 공원에 들어서면 안전하다는 착각마저 들었다. 이상한 모자를 쓰고 있는 보초병들, 나의 섬을 지키는 나의 보초병들….

공원은 정말로 앉아 있기에 좋은 곳이었다. 야자나무 너머로 다닥다닥 붙은 건물이 보였고, 두껍고 네모난 공동주택의 윤곽도 보였다. 건물 지붕에 달린 빨간 전광판은 그 위의 하늘을, 그 아래 모든 사물과 사람을 벌겋게 물들였다. 이 모든 것을 없애겠다는 마음으로 자리에 앉아 눈앞 풍경을 뚫어지게 보다 보면…, 모든 것이 하나둘 희미해졌다. 그렇게 모든 것을 원하는 만큼 멀리 보내버릴 수 있었다.

"이런 데가 있는지 몰랐는데."

"내가 좋아하는 곳이에요." 나는 그녀를 위해 외투를 벗어 잔디밭에 깔았다. "일주일에 서너 번은 와요."

"정말 좋아하나 보네요." 그녀가 내 외투 위에 앉았다.

"할리우드에 온 지는 얼마나 됐어요?"

"1년 정도요. 참여한 영화만 벌써 네 편이에요. 더 많이 찍을 수도 있었는데 센트럴 소속이 아니어서."

"나도 마찬가지예요."

센트럴 캐스팅국(Central Castings Bureau. 할리우드 영화사들이 모여 설립한 배우 에이전시. 주연급 배우보다는 엑스트라나 대역 배우를 주로 관리했고, 센트럴 소속 배우들은 고용과 임금 지급을 안정적으로 보장받을 수 있었음 - 역자 주)에 들어가지 못한 배우에게는 기회가 많이 주어지지 않았다. 대형 스튜디오들이 센트럴에 연락해 스웨덴 사람 네 명, 그리스 사람 여섯 명, 시골뜨기 보헤미안 두 명, 우아한 공작부인 여섯 명을 요청하면 센트럴 측이 알아서 어울리는 배우를 섭외했다. 글로리아가 센트럴에 들어가지 못한 이유는 짐작이 갔다. 그녀는 너무 밝은 금발이었고 지나치게 왜소했으며 나이도 들어 보였다. 괜찮은 의상을 입는다면 매력적으로 보이긴 하겠지만 그래도 예쁘단 말을 듣기는 어려울 것 같았다.

“뒤를 봐줄 사람은 만났고요?” 내가 또 물었다.

“이 바닥에서 누가 도움이 될지 어떻게 알고요? 전기 기사였던 사람이 어느 날 갑자기 제작자라고 접근하는 동넨데. 거물을 만나려면 그 사람 차에 달려드는 수밖에 없을걸요. 그것도 그렇고, 남자 스타가 여자 스타보다 도움이 될 사람들인지도 모르겠던데요. 요즘 상황을 보면 남자 덕 좀 보려고 했던 게 괜한 짓이 아니었나 싶어요…”

“할리우드에는 어쩌다 왔어요?”

“아, 어쩌다 보니 그렇게 됐어요.” 그녀는 조금도

머뭇거리지 않았다. “어쨌든 고향에 있을 때보다는 무조건 나아요.” 고향이 어딘지 묻자 그녀가 대답했다. “텍사스요. 웨스트 텍사스. 가봤어요?”

“아니요. 나는 아칸소(미국 남부에 있는 주州. 글로리아의 고향으로 나오는 텍사스주州와 인접해 있음 - 역자 주) 출신이라.”

“웨스트 텍사스는 지옥이에요. 거기 있을 때는 고모네에서 살았어요. 고모부가 열차 제동수制動手였는데 일주일에 한두 번 얼굴을 봤으려나. 그나마 다행이지…”

그녀가 잠시 말을 멈추고 공동주택 위로 뿌옇게 번지는 빨간 불빛을 바라보았다.

“그래도 집은 있었네요.”

“그런 곳도 집이라고 하나요? 난 그렇게 생각 안 해요. 고모부는 퇴근하고 오면 나에게 늘 개수작을 부렸어요. 그러다 고모부가 출근하고 없으면 고모가 사사건건 시비를 걸었고요. 내가 이상한 말이라도 하고 다닐까 봐 벌벌 떨었죠.”

‘거참 이상한 사람들이군.’ 나는 속으로 생각했다.

"그래서 결국 댈러스로 도망쳤어요. 거긴 가봤어요?"

"텍사스 쪽은 아예 가본 적이 없어요."

"가봤자 별거 없어요. 어쨌거나 집을 나오긴 했는데 일자리를 못 구해서 물건을 훔치기로 했어요. 그러다 잡히면 경찰들이 알아서 먹이고 재워줄 테니까."

"그거 좋은 생각인데요."

"계획이야 기가 막혔죠. 먹히지 않아서 문제지. 곧바로 붙잡히긴 했는데 경찰들이 불쌍했는지 그냥 풀어주더라고요. 그대로 굶어 죽을 수는 없어서 시청 길모퉁이에서 핫도그를 파는 시리아인 집에 얹혀 살기로 했어요. 그 남자는 항상 잎담배를 씹어댔어요…. 잎담배 씹는 남자랑 자봤어요?"

"아뇨."

"뭐 그것까지는 그럭저럭 참을 만했어요. 그런데 손님이 없을 때 주방에서 달려드는 꼴은 못 참겠더라고요. 그래서 이틀째 되던 날 밤에 독약을 마셔버렸지요."

'세상에…' 나는 또 속으로 생각했다.

"그런데 양이 모자랐나 봐요. 고생만 죽어라 했죠. 웩, 아직도 그 맛이 생각나요. 그 일 때문에 일주일 정도 병원에 입원했었는데 그러다 할리우드로 가야겠다고 결심했어요."

"병원에 있다가요?"

"거기서 영화 잡지를 봤거든요. 퇴원 후에 사람들 차를 얻어타고 무작정 할리우드까지 왔어요. 잠깐, 지금 웃는 거예요?"

"비웃는 거 아니에요." 나는 소리 내어 웃으며 물었다. "부모님은요?"

"없어요. 아빠는 프랑스에서 전사했대요. 나도 전쟁 통에 콱 죽어버렸으면 좋겠는데."

"영화 일은 왜 관두지 않는 거예요?"

"뭐 하러 관둬요? 벼락스타가 될지 누가 알고. 헵번(캐서린 헵번. 초창기 할리우드를 대표하는 배우. 브로드웨이에서 연극배우로 활동하다 할리우드로 건너가 영화를 찍기 시작함. 영화 '아침의 영광Morning Glory'으로 아카데미 여우주연상을 받음 - 역자 주)이나 마거릿 설리번(브로드웨이 무대에 주로 오르다 영화 '온리 예스터데이Only Yesterday' 주연으로 발탁되어 할리우드 스타가 됨 - 역자 주)이나 조세핀 허친슨(열세 살 나이에 영화배우로 데뷔해 이후 수십 년간 영화, 연극, 텔레비전 드라마에서 활동한 배우 - 역자 주)을 봐요. 사실 용기만 있으면 하고 싶은 일이 따로 있긴 해요. 창밖으로 뛰어내리거나 달리는 차에 뛰어드는 거예요."

"어떤 기분인지 알아요. 그것도 아주 잘…"

"다들 사는 것에만 연연하고 죽음에는 무관심한 게 이상해요. 왜 그 잘나신 과학자들은 기분 좋게 죽는 방법을 찾아낼 생각은 않고 허구한 날 수명을 늘리는 일에만 매달린대요? 나처럼 용기가 없어서 못 죽는 사람들이 수두룩할 텐데."

"무슨 말인지 이해해요. 정말로요."

우리 둘은 잠시 아무 말도 하지 않았다.

"아는 여자애가 해변에서 열리는 마라톤 댄스 대회에 같이 가자고 했었어요. 탈락하기 전까지 공짜로 먹여주고 재워준대요. 우승하면 10,000달러를 상금으로 주고."

"공짜로 먹여준다는 말에 혹하는데요."

"그게 다가 아니에요. 그 대회를 보러 영화 제작자와 감독들이 많이 온대요. 그 사람들 눈에 띄면 영화 배역을 딸 수도 있어요. 어떻게 생각해요?"

"나요? 아, 춤에는 영 소질이 없어서…"

"잘 출 필요 없어요. 계속 움직이기만 하면 된대요."

"자신이 없어요. 그동안 많이 아팠거든요. 얼마 전까지 위장병을 앓았어요. 죽다 살아났죠. 나중에는 기다시피 해서 화장실에 갔으니까. 아무래도 자신이 없네요." 나는 고개를 저었다.

"아팠던 게 언젠데요?"

"일주일 전이요."

"그럼 이제 괜찮겠네요."

"아니요, 자신이 없어요. 병이 다시 도질지도 모르고."

"그럼 간호해줄게요."

"일주일 후면 모를까…"

"그때는 너무 늦어요. 지금도 멀쩡해 보이는데요."

법원은 다음과 같이 판결을 선고한다.

4

마라톤 댄스 대회는 한때 해상 유원지의 무도회장으로 쓰인 대형 건물에서 열렸다. 바다에 말뚝을 박고 세운 다리 위에 지어진 건물이었다. 건물 아래로는 파도가 밤낮으로 철썩였다. 청진기로 심장 소리를 듣는 것처럼, 나의 두 발이 파도의 솟구침을 느낄 수 있었다.

문을 열고 들어가면 폭 9미터, 길이 60미터쯤 되는 댄스 플로어가 나왔다. 플로어를 둘러싼 세 면에 특별관람석이 자리했고 그 뒤편으로 일반석이 이어졌다. 나머지 한 면에는 악단 무대가 들어섰다. 악단은 저녁 시간에만 공연했는데 솜씨가 형편없었다.

낮 동안에는 확성기를 연결한 라디오에서 흘러나오는 음악에 맞춰 춤을 췄다. 음악 소리는 필요 이상으로 커서 홀 전체를 시끄럽게 메울 때가 많았다. 바람몰이 역할을 맡은 사회자가 손님들의 흥을 돋웠고, 심판 두 명이 플로어를 돌아다니면서 참가자들을 상시 감독했다. 위급 상황을 대비해 남자 간호사와 여자 간호사, 그리고 의사 한 명이 건물에 상주했다. 그런데 의사는 전혀 의사 같지 않았다. 의사라기에는 너무 앳되어 보였다.

144쌍의 남녀가 대회에 참가했으나 일주일 만에 61쌍이 기권했다. 1시간 50분 동안 춤추고 10분 동안 쉬는 것이 대회의 규칙이었다. 원하면 쉬는 시간에 잠깐 눈을 붙일 수도 있었지만, 면도하고 몸을 씻고 아픈 발을 치료하는 것처럼 반드시 해야 하는 일들도 그 안에 모두 끝내야 했다.

최대 고비는 첫 주였다. 다들 발과 다리가 퉁퉁 부어 고생했고, 발밑에서 파도가 쉬지 않고 부서지는 느낌에 적응하느라 애를 먹었다. 이 대회 전까지만 해도 나는 태평양을 참 좋아했었다. 태평양이라는 이름도 멋졌고, 그 광대함, 빛깔과 내음, 모든 것이 마음에 들었다. 그래서 몇 시간이고 바다를 내다보며 다시 돌아오지 않는 배들을, 저 멀리 있을 중국과 남태평양을 상상하곤 했었다. 하지만…, 더는 아니다. 이제 태평양은 질리도록 봤다. 다시 못 보게 되더라도 아쉽지 않다.

그리고 정말 못 보게 되겠지.
판사의 결정에 달렸어.

글로리아와 나는 대회에 참가해본 사람들에게서 10분의 쉬는 시간을 빈틈없이 사용할 줄 아는 것이 우승 비결이라는 조언을 전해 들었다. 샌드위치를 씹으면서 수염을 깎고, 용변을 보거나 발을 치료받으면서 배를 채우고, 춤추면서 신문을 읽고, 상대 어깨에 기대 틈틈이 자는 법을 익혀야 한다고 했다. 그러나 결국 이러한 요령은 직접 경험하며 터득해야 했다. 글로리아와 내가 처음부터 이렇게 행동하기란 무척 어려웠다.

알고 보니 참가자 절반 정도는 마라톤 댄스를 여러 번 치러본 전문가들이었다. 전국을 돌아다니며 대회에 참가했고, 이동할 때는 사람들 차를 공짜로 얻어 타고 다닌다고도 했다. 나머지 절반은 글로리아와 나처럼 아무것도 모르고 온 사람들이었다.

우리는 대회를 치르면서 13호 커플과 가까워졌다. 제임스 베이츠와 루비 베이츠는 펜실베이니아 북쪽의 작은 마을에서 온 부부였다. 이번이 여덟 번째로 참가하는 대회였는데, 오클라호마 대회에서 1,253시간 동안 춤을 춰 우승 상금으로 15,000달러를 받았다고 했다. 어느 대회에서 우승했더라는 커플이 몇몇 더 있긴 했지만, 내가 보기에는 제임스와 루비야말로 진정한 우승 후보였다. 물론 대회가 끝나기 전에 루비 배 속의 아이가 나와버린다면 모를 일이었다. 루비는 출산을 넉 달 정도 남겨두고 있었다.

*

“글로리아는 도대체 뭐가 문제요?” 하루는 취침실에서 플로어로 나왔을 때 제임스가 내게 다가와 따지듯 물었다.

“아무 문제도 없는데요. 왜 그러시죠?” 이렇게 대답했지만 사실 나는 알고 있었다. 요즘 들어 글로리아는 부쩍 기분이 안 좋았다.

“내 아내에게 뭐 하러 애를 낳느냐고 딴지를 건다더군. 애를 지우라고 했다던데.”

“왜 그런 말을 하는지 모르겠네요.” 나는 대충 얼버무렸다.

“아내에게 관심 끄라고 전해주쇼.”

호루라기 소리와 함께 누적 216시간째 춤을 추기 시작했을 때, 나는 글로리아에게 제임스가 한 말을 전해주었다.

“멍청한 놈. 자기가 뭘 안다고?” 그녀가 말했다.

“자기들이 원한다는데 애를 낳지 말아야 할 이유가 어디 있어요. 그 사람들 사정이죠. 괜히 제임스 심기를 건드리지 말아요. 이런 대회에 많이 다녀봤고, 우리에게 조언도 해줬잖아요. 그런 사람이랑 사이가 틀어져서 좋을 게 뭐가 있어요?"

"그런 여자가 애를 낳으려 하다니 부끄러운 줄 알아야지. 키울 돈도 없으면서 뭐하러 애를 낳아요?"

"돈이 없는지 어떻게 알아요?"

"돈이 있으면 여기서 이러고 있겠어요? 이게 문제라니까. 다들 애를 낳으려 하니까."

"아, 다들 그런 건 아닌데요."

"내 말은 그런 사람들이 아주 많다고요. 당신도 태어나지 않았으면 더 좋았을걸요?"

"아닐지도 모르죠. 지금 상태는 어때요?" 나는 그녀가 괴로운 생각에 더 깊이 빠지지 않게 말을 돌렸다.

"늘 엉망이죠. 시간 참 더럽게 안 가네." 무대 한쪽에는 2,500시간까지 잴 수 있는 시계의 분침이 216시를 가리키고 있었다. 그 위에는 '누적 시간 216, 남은 커플 83'이라고 적힌 간판이 있었다.

"다리는 괜찮아요?" 그녀가 내게 물었다.

"아직도 힘이 잘 안 들어가요. 위장병이 참 지독한 놈이네요."

"어떤 여자들 말로는 우승하려면 2,000시간을 버텨야 한대요."

"그럼 곤란한데. 그렇게까지 오래 버틸 자신이 없어요."

"나는 신발이 말썽이에요. 얼른 후원사를 못 구하면 조만간 맨발로 다니게 생겼어요." 후원사가 생기면 회사 이름이나 제품을 홍보하는 스웨터를 입어야 했는데 그 대가로 필수품을 받을 수 있었다.

제임스와 루비가 춤추며 우리 쪽으로 다가왔다.

"말했소?" 제임스가 내게 눈짓하며 물었다. 나는 고개를 가로저었다.

"잠깐, 지금 내 뒤에서 무슨 얘기하는 거예요?" 제임스와 루비가 다시 멀어지려는 참에 글로리아가 껴들었다.

"내 아내에게 관심 좀 끄라고 하쇼." 제임스는 이번에도 나만 쳐다보며 말했다.

나는 발끈해 입을 달싹이는 글로리아를 데리고 얼른 다른 곳으로 움직였다. 소란을 피우고 싶지 않았다.

"개새끼." 글로리아가 욕을 내뱉었다.

"저 사람 무지 화가 났네요. 이제 어쩌죠?"

"어쩌긴요. 가서 한마디 해줘야지!"

"글로리아. 제발 우리 할 일이나 신경 쓰면 안 될까요?"

"거기! 말조심하게." 누군가의 목소리가 들렸다. 심판 롤로 피터스였다.

"뭐래." 글로리아가 대꾸했다. 두 발에 파도의 솟구침이 전해지듯, 손가락 사이로 그녀의 등 근육이 씰룩거리는 게 느껴졌다.

"성질 좀 죽이지. 관람석까지 다 들리겠어. 여기가 술집인 줄 알아?" 롤로가 쏘아붙였다.

"술집이면 좋게요."

"됐어요. 그만합시다." 나는 그녀를 말렸다.

"경고했을 텐데. 내 입에서 똑같은 말 두 번 나오게 하지 말라고. 손님들 귀에 들어가면 안 좋으니까."

"손님이요? 여기 손님이 얼마나 된다고?" 글로리아가 빈정거렸다.

"계속 이랬다가는 정말 곤란해질 걸세." 롤로가 나를 노려보며 경고했다.

"알겠습니다. 알아들었어요."

롤로가 호루라기를 불어 참가자들을 멈추게 했다. 어떤 참가자들은 탈락하지 않을 정도로만 살살 움직이고 있었다.

"자~, 열을 좀 내볼까. 신나게 춤춰봅시다!" 사회자 로키 그라보가 마이크를 잡고 분위기를 띄웠다. 바깥 파도의 진동이 느껴지지 않을 만큼 쩌렁쩌렁한 그의 목소리가 확성기를 타고 홀 안에 가득 울려 퍼졌다. "음악에 맞춰 신나게 흔들어 봐요. 자~" 그가 신호를 보내자 악단이 연주를 시작했다. 참가자들은 조금 전보다 빠르게 몸을 움직였다.

춤은 2분 가까이 이어졌다. 다 끝나자 로키가 박수를 유도하며 다시 마이크를 잡았다.

"신사 숙녀 여러분! 이 젊은이들을 보십시오. 216시간이 지났는데도 이렇게나 쌩쌩합니다. 과연 세계 마라톤 댄스 대회에서 인내력과 춤 솜씨를 겨루는

자들답지 않습니까! 이 친구들은 식사를 하루에 일곱 번이나 합니다. 배부르게 세 끼를 먹고 중간에 네 번 간식을 먹지요. 대회에 참가한 후로 살이 찐 사람도 있답니다. 의사와 간호사가 상시 대기하며 이들의 건강을 살피고 있다는 것도 알아주시기 바랍니다. 자, 이제 4호 커플을 불러보겠습니다. 마리오 페트로네 군과 재키 밀러 양이 장기를 보여주겠다고 하는데요. 4호 커플, 얼른 나와요. 여러분, 한 번 보십시오. 정말 사랑스러운 커플이지요?"

마리오 페트로네는 건장한 이탈리아인이었고, 재키 밀러는 금발의 미녀였다. 두 사람은 박수를 받으며 무대에 올랐다. 그리고 로키에게 뭔가 말하더니 곧바로 탭 댄스를 선보였다. 민망해 못 봐줄 정도였으나 마리오도 재키도 개의치 않는 눈치였다. 춤이 끝나자 관객 몇몇이 플로어에 동전을 던졌다.

"자, 많은 응원 부탁드립니다. 마음껏 던져주세요!" 로키가 소리쳤다.

플로어에 동전이 몇 개 더 떨어졌다. 마리오와 재키는 동전을 주운 다음 우리가 있는 쪽으로 돌아왔다.

“얼마나 돼요?” 글로리아가 두 사람에게 물었다.

“75센트쯤 되는 것 같아요.” 재키가 대답했다.

“어디 출신이에요?” 글로리아가 또 물었다.

“앨라배마(미국 남동부에 있는 주州 - 역자 주)요.”

“그래 보여요.”

“우리도 장기를 준비해야겠어요. 그럼 따로 돈을 벌 수 있잖아요.” 내가 글로리아에게 제안했다.

“없는 게 나을걸. 괜히 몸만 축날 거요. 그쪽 다리만 고생한다고.” 마리오가 말했다.

“경주 얘기는 들었어요?” 재키가 물었다.

“그게 뭔데요?” 내가 되물었다.

“달리기 시합 같은 거래요. 아마 다음 쉬는 시간에 얘기가 나올 거예요.”

“미치겠네.” 글로리아가 말했다.

1급 살인죄로 기소된 피고인에 대하여…

5

사회자 로키 그라보가 탈의실로 들어와 흥행업자 빈센트 삭스 도널드를 우리에게 소개했다. 삭스는 열변을 늘어놓기 시작했다.

"자, 들어보라고. 손님들이 안 온다고 실망할 것들 없어. 원래 시간이 좀 걸리는 일이거든. 그래서 말인데, 홍보 차원에서 기발한 이벤트를 열기로 했네. 잘 들어봐. 밤마다 경주를 벌이는 거야. 바닥에 경주로를 그려놓으면 참가자 전원이 그걸 따라 15분 동안 냅다 달려야 해. 꼴찌 커플은 탈락하게 되고. 이 정도면 손님들이 확실히 모이겠지."

"저승사자도 꼬이겠는데요." 누군가 구시렁거렸다.

"중간에 간이침대를 놓아두도록 하지. 의료진이 시합 내내 옆에 있을 거고. 대신 누군가 간이침대로 실려 가면 그 사람 파트너가 한 바퀴를 더 돌아야 해. 이렇게 해서 손님들이 북적거리면 자네들도 신이 날 걸세. 할리우드 사람들이 오면 우리가 콕 집어 알려줄 수도 있고…. 그건 그렇고 음식은 먹을 만한가? 할 말 있는 사람? 그래, 그래. 좋아. 알아서 협조해주면 우리도 최대한 편의를 봐주지."

우리는 다시 플로어로 나갔다. 경주에 대해서는 다들 아무 말이 없었다. 손님이 들기만 한다면야 뭐든 괜찮다고 생각하는 모양이었다. 나는 플로어와 관람석을 구분해 놓은 울타리 위에 걸터앉아 있었는데, 심판 롤로가 다가왔다. 쉬는 시간이 끝나기까지 2분 정도가 남아 있을 때였다.

"아까 한 말은 오해하지 말게. 자네가 아니라 글로리아한테 한 말이니까."

"알아요. 글로리아도 괜찮을 거예요. 원래 좀 삐딱해서 그래요. 그게 다예요."

“그래도 성질 좀 죽이게 해야겠던데.”

“자신 없지만 노력해보죠.”

무심코 고개를 돌린 나는 여자 탈의실 통로에서 뜻밖에도 글로리아와 루비가 함께 걸어 나오는 것을 보았다. 곧장 글로리아에게 다가갔다.

“경주는 어떨 것 같아요?” 그녀에게 물었다.

“다 같이 죽기 딱 좋은 방법 같던데요.”

호루라기 소리와 함께 대회가 다시 시작되었다.

“오늘은 손님이 100명도 안 들었네요.” 내가 말을 건넸다. 글로리아와 나는 더 이상 춤을 추지 않았다. 나는 그녀 어깨에, 그녀는 내 허리에 손을 올려놓은 채, 그냥 제자리걸음을 할 뿐이었다. 그래도 문제가 되지 않았다. 첫째 주에는 춤을 춰야 했으나 이후로는 아니었다. 이제부터는 멈추지 않고 계속 움직이기만 하면 되었다. 바로 그때, 제임스와 루비가 우리 쪽으로 다가오는 것이 보였다. 제임스의 표정으로 보아 뭔가 단단히 잘못된 것이 틀림없었다.

나는 자리를 피하려 했으나 달리 피할 곳을 찾지 못했다.

“아내에게 관심 끄라고 했을 텐데?” 제임스가 성난 목소리로 글로리아에게 말했다.

“그냥 좀 꺼지지 그래?” 글로리아가 맞받아쳤다.

“잠깐, 또 무슨 일입니까?” 내가 끼어들었다.

“이 여자가 내 아내에게 또 접근했더군. 내가 없을 때마다 아내를 귀찮게 한다고!”

“여보, 그냥 넘어가요.” 루비가 남편을 다른 쪽으로 데리고 가려 했으나 그는 끄떡 않고 버텼다.

“아니! 그럴 수 없지. 내가 닥치고 있으라고 하지 않았나?”

“확 뒈져버려 이~”

글로리아가 말을 마치기도 전에 제임스가 그녀의 뺨을 세게 후려쳤다. 그 충격에 그녀 얼굴이 내 어깨에 파묻혔다. 나도 가만히 있을 수 없어 곧장 그의 입가에 주먹을 날렸다. 그러자 그가 왼손으로 내 아래턱을 가격했다. 나는 다른 참가자들이 모여 있는 쪽으로 나가떨어졌다. 그들이 바닥을 뒹굴뻔한 나를 붙잡아주었다. 그가 내게 달려들고 내가 그의 멱살을 붙잡으면서 잠시 몸싸움이 벌어졌다. 그를 때려

눕힐 작정으로 다리 사이 급소를 노렸다. 내가 이길 방법은 그것뿐이었다.

호루라기 소리가 삑 울리더니 누군가 우리 둘을 붙들었다. 롤로 피터스 심판이었다. 그가 거칠게 우리를 떼어놓았다.

"그만둬! 무슨 짓이야?"

"아무 일도 아닙니다." 내가 말했다.

"아무 일도 아니에요." 루비가 남편 대신 대답했다.

롤로가 무대에 있는 로키를 향해 손짓했다.

"계속 갑시다." 로키의 말에 악단이 다시 연주를 시작했다.

"제자리로!" 롤로의 지시를 따라 참가자들은 하나 둘 있던 자리로 되돌아갔다. "자, 얼른!" 롤로는 서둘러 상황을 정리했다.

"다음번에는 진짜 죽여버릴 줄 알아." 제임스가 글로리아에게 경고했다.

"이~"

"입 다물어요." 내가 글로리아의 말을 끊었다.

나는 그녀를 데리고 플로어 구석으로 이동했다. 우리는 거의 멈춘 것처럼 아주 느리게 몸을 움직였다.

“미쳤어요? 왜 자꾸 저 여자를 귀찮게 해요?”

“신경 쓰지 말아요. 어차피 내 말은 귓등으로도 안 듣던데. 기형아를 낳아도 괜찮다면, 뭐 그러라죠.”

“저기, 글로리아.” 누군가 말을 걸어왔다.

돌아보니 특별관람석 맨 앞줄에 어느 중년 부인이 앉아 있었다. 이름은 모르지만, 예전부터 꽤 눈에 띄던 손님이었다. 그녀는 저녁마다 담요와 도시락을 싸 들고 이곳을 찾았다. 한번은 담요로 몸을 싸매고서 밤새 머물기도 했다. 나이는 예순다섯쯤 되어 보였다.

“안녕하세요.” 글로리아가 인사했다.

“방금은 무슨 일이었어요?”

“아무것도 아니에요. 시비가 좀 붙어서.”

“몸은 어때요?”

“괜찮은 것 같네요.”

“나는 레이든 부인이라고 해요. 여기 두 사람이 가

장 맘에 드네."

"고맙습니다." 내가 대답했다.

"나도 참가하고 싶었는데 안 된다지 뭐예요. 나이가 너무 많다나. 아직 예순밖에 안 됐는데."

"아직 젊으시네요." 내가 말했다.

글로리아와 나는 그 자리에서 서로 껴안은 자세로 몸을 흔들거렸다. 어떻게든 멈추지 않고 계속 움직여야 했다. 레이든 부인의 뒷자리로 남자 두 명이 들어왔다. 두 사람 모두 잎담배를 질겅거리고 있었다.

"형사들이네요." 글로리아가 내게만 들릴 만큼 작게 속삭였다.

"대회는 마음에 드십니까?" 내가 레이든 부인에게 물었다.

"아주 마음에 들어요. 정말 재밌어요. 다들 어찌나 대단한지…"

"어이, 계속 움직이라고." 롤로가 우리 곁을 지나치며 주의를 주었다.

나는 레이든 부인에게 고개를 까딱해 인사한 후 자리를 옮겼다.

"말이 돼요? 저 여자 나이면 집구석에서 손주 기저귀나 갈고 있어야죠. 세상에, 저렇게까지 오래 살까 봐 무섭네요." 글로리아가 참았던 말을 쏟아냈다.

"저 남자들이 경찰인 건 어떻게 알았어요?"

"그런 건 귀신같이 알아보죠. 그건 그렇고, 너무 이상하지 않아요? 저 여자는 이 대회에 완전히 미쳐 있잖아요. 숙박비라도 받아야 하는 거 아닌가." 그녀는 머리를 내저으며 조금 전 했던 말을 되풀이했다. "정말 저렇게까지 오래 살까 봐 무서워요."

레이든 부인과 대화한 후로 글로리아는 더욱더 우울해졌다. 부인을 보면 웨스트 텍사스의 동네 여자들이 떠오른다고 했다.

"앨리스 페이(미국에서 인기를 끌었던 가수 겸 영화배우. 뮤지컬 배우로도 큰 성공을 거둠 - 역자 주)가 왔어요." 한 여자 참가자가 불쑥 다가와 말했다. "보여요? 저기 있잖아요."

정말 앨리스 페이였다. 그녀는 낯선 남자 두어 명과 함께 앉아 있었다.

“보여요?” 내가 글로리아에게 물었다.

“안 보고 싶어요.”

사회자 로키가 마이크를 잡았다. “신사 숙녀 여러분! 오늘 밤 이곳에 특별한 손님이 오셨습니다. 영화배우로 활약 중인 아리따운 앨리스 페이 양을 소개합니다. 큰 박수 부탁드립니다!”

우렁찬 박수 소리에 그녀는 웃으며 고개를 끄덕여 화답했다. 무대 쪽 특별관람석에 앉은 흥행업자 삭스 도널드도 함박웃음을 짓고 있었다. 그가 바라던 대로 할리우드 사람들이 오기 시작한 것이다.

“얼른 반가운 척 좀 해요.” 내가 글로리아에게 눈치를 줬다.

“내가 왜요? 저 여자가 뭐 그리 잘났길래?”

“질투하는군요.”

“네, 질투해요. 난 실패작이니까 당연히 성공한 사람을 질투하죠. 당신은 안 그래요?”

“안 그래요.”

"바보 같기는…"

"잠깐, 저기 좀 봐요."

레이든 부인 뒤편에 있던 형사 두 명이 어느새 삭스 도널드 옆에 앉아 있었다. 세 남자는 머리를 맞댄 채 종이 한 장을 들여다보고 있었다.

로키가 다시 마이크를 잡았다. "자, 쉬러 가기 전에 열을 좀 내봅시다. 시작하세요!" 단원들에게 연주를 지시한 그는 박자에 맞춰 손뼉을 치고 발을 굴렀다. 손님들도 흥겹게 손뼉을 치고 발을 굴렀다.

우리는 시계 분침만을 바라보며 몸을 움직였다. 그때 갑자기 18호 커플로 참가한 키드 캠이 파트너의 뺨을 때리기 시작했다. 캠은 왼손으로 그녀의 몸을 붙들고는 오른손으로 뺨을 여러 차례 쳤다. 그녀는 미동도 하지 않았다. 까무러친 것이었다. 두어 번 숨을 헐떡이더니 완전히 정신을 잃고 바닥으로 쓰러졌다.

심판이 호루라기를 불었고 손님들은 신이 나 자리에서 벌떡 일어났다. 마라톤 댄스 대회에서는 언제라도 재밌는 구경거리가 생겨난다. 뭔가 일이 벌어지면 장내는 순식간에 들썩거린다. 이런 점에서 마라톤 댄스는 투우 경기와 비슷하다.

심판과 간호사들이 쓰러진 여자를 들어 탈의실로 옮겼다. 그녀의 발이 힘없이 바닥에 질질 끌렸다.

로키가 손님들을 향해 말했다. "18호 커플의 매티 반스 양이 잠시 정신을 잃었군요. 의료진이 반스 양을 탈의실로 데려가 정성껏 돌볼 예정입니다. 여러분, 심각한 상황은 아니니 걱정하지 마십시오. 세계 마라톤 댄스 대회에서 이런 일은 아주 흔하지요."

"저 여자 아까 쉬는 시간에도 힘들어했어요." 글로리아가 말했다.

"뭐 때문에요?"

"그날이거든요. 아마 다시 못 돌아올걸요. 생리통이 심해서 생리할 때는 무조건 사나흘씩 누워 있어야 한다던데요."

키드 캠은 질려버린 표정으로 고개를 내저었다.

"보는 눈도 더럽게 없지. 이렇게 재수가 없을 수 있나! 대회에 아홉 번이나 나갔는데 무사히 끝낸 적이 없어. 왜 내 파트너들은 허구한 날 픽픽 쓰러지냐 이거야."

"별일 없을 거예요." 내가 그를 위로했다.

"아냐. 저 여자는 글렀어. 다시 농장에나 돌아가라고 해야지."

사이렌이 울렸다. 춤추는 시간이 끝났다는 뜻이었다. 참가자들은 우르르 탈의실로 향했다. 나는 신발을 벗어 던지고 곧장 침대에 뛰어들었다. 순식간에 피로가 거대한 파도처럼 몰려왔다. 곧바로 잠에 빠져들었다.

*

역한 오줌 냄새가 코를 찔러 짧은 단잠을 깨웠다. 교관 한 명이 내 턱 밑에다 암모니아 병을 들이밀고 있었다. (의사 말로는 곯아떨어진 참가자를 깨울 때 이만한 방법이 없다고 했다. 점잖게 몸을 흔들어 깨우는 것은 어림도 없는 방법이었다)

"깼어요. 깼다고요."

나는 자리에서 일어나 주섬주섬 신발을 찾아 신었다. 마리오의 침대 근처에 삭스 도널드와 형사 두 명이 서 있었다. 그들이 지켜보는 가운데 교관이 마리오를 깨웠고, 마침내 마리오가 그들을 쳐다보며 몸을 일으켰다.

"안녕하신가. 이 사람 알아보겠지?" 형사가 마리오에게 종이 한 장을 건넸다. 가까이 가서 보니 그가 들고 있는 것은 범죄잡지에서 찢어낸 기사였다. 그 안에는 사진이 여러 장 실려 있었다.

마리오가 사진을 확인한 후 형사에게 종이를 다시 건네며 대답했다. "예, 알아요." 그는 자리에서 일어났다.

"별로 안 변했군." 다른 형사가 말했다.

"더러운 이탈리아 놈. 감히 날 속여?" 삭스가 주먹을 쥐며 역정을 냈다.

"가만히 있어요." 종이를 받아든 형사가 삭스를 제지한 후 마리오에게 명령했다. "자, 마리오. 아니지, 쥬세페. 짐을 챙겨."

마리오가 신발을 신으며 대꾸했다. "챙길 건 외투

랑 칫솔밖에 없어요. 그래도 파트너에게 인사는 하게 해줘요."

"정신 나간 새끼야, 신문에 대문짝만하게 실릴 일 있어?" 삭스가 말했다.

"파트너는 신경 쓸 것 없어. 어이, 거기." 형사가 대뜸 날 불렀다. "자네가 이놈 파트너에게 대신 말 좀 해주게. 자, 쥬세페. 얼른 가자고."

"뒷길로 데리고 나가주시오." 삭스가 형사들에게 부탁했다.

"플로어로 집합! 플로어로 집합!" 멀리서 심판이 큰소리로 외쳤다.

"잘 가요, 마리오." 내가 작별을 고했다.

마리오는 아무 말도 하지 않았다. 이 모든 것이 조용히, 아주 당연하다는 듯이 일어났다. 형사들도 이러한 일을 매일 겪는다는 듯이 자연스럽게 행동했다.

배심원단의 유죄 평결에 근거해…

6

그렇게 마리오는 체포되었고, 키드 캠의 파트너인 매티는 농장으로 돌아갔다.

마리오가 살인죄로 체포되었을 때는
참 많이 놀랐었다.
말도 안 된다고 생각했다.
정말 착한 사람이었으니까.
하지만 지금은 생각이 달라졌다.
착한 사람이 살인자일 수도 있다는 게
이제는 이해가 간다.

나는 누구보다 글로리아에게 친절했다.
결국엔 그런 내가 총을 쏴
글로리아를 죽이고 말았지만.
그러니 착하다는 건 아무 의미도 없다….

매티를 진찰한 의사는 그녀를 플로어로 돌려보내지 않았다. 이로써 그녀는 자연스럽게 탈락하게 되었다. 계속 춤을 췄다가는 일부 장기가 손상되어 평생 애를 가질 수 없는 몸이 될 것이라고 의사는 경고했다. 글로리아에 따르면, 매티는 길길이 날뛰며 의사에게 온갖 욕을 퍼부었고, 그만두지 않겠다고 난동을 피웠다고 한다. 그러나 결국에는 대회를 그만두었다. 그래야만 했다. 그들이 그녀를 강제로 내쫓아버렸기 때문이다.

매티의 파트너였던 키드 캠은 마리오의 파트너였던 재키와 커플이 되어 대회에 남았다. 이는 규칙상 가능한 일이었다. 파트너를 잃은 참가자는 24시간 동안 홀로 대회에 참가할 수 있었지만, 이후 새 파트너를 구하지 못하면 참가 자격을 박탈당했다. 키드와 재키는 새 파트너가 생긴 것에 서로 만족해하는 눈치였다. 재키는 사라진 마리오에 대해 별말이 없었다. 그녀에게 파트너는 파트너일 뿐이었다. 키드는 좋아서 입이 귀에 걸릴 지경이었다. 드디어 자신에게도 운이 따른다고 생각하는 듯했다.

"저 사람들이 우승할 것 같아요. 아주 팔팔해 보여요. 저 여자 몸 튼실한 것 좀 봐요. 웃고 있는 것도 그렇고. 앞으로 여섯 달은 멀쩡하겠는데요." 글로리아가 말했다.

"그래도 나는 제임스와 루비가 우승한다고 봐요."

"우리한테 그딴 짓을 한 사람들을 응원한다고요?"

"그게 무슨 상관이에요? 그리고 왜 우리라고는 생각하지 않아요? 우리가 우승할지도 모르잖아요?"

"과연?"

"뭐, 당신은 그렇게 생각하지 않는 것 같지만요."

글로리아는 대답 대신 고개를 내저었다. "가면 갈수록 죽고 싶은 생각뿐이에요."

또 시작이었다. 내가 무슨 말을 하든 그녀가 내리

는 결론은 하나였다. “죽고 싶은 생각이 안 들게 할 만한 대화 주제는 없을까요?”

“없어요.”

“말을 맙시다.”

무대 위 누군가가 라디오 볼륨을 낮췄다. 이제야 라디오 소리가 소음이 아닌 음악처럼 들렸다. (악단이 출근하기 전이라 우리는 라디오 소리에 맞춰 춤을 춰야 했다. 지금은 오후였고, 악단은 저녁에야 도착했다) 사회자 로키가 마이크에 대고 말했다. “신사 숙녀 여러분, 참가자들의 후원사가 되어주신 두 회사를 소개합니다. 애비뉴 B 415번지에 있는 퐁파두르 미용실이 13호 커플, 제임스 베이츠 군과 루비 베이츠 양을 후원하시겠답니다. 애비뉴 B 415번지의 퐁파두르 미용실 관계자분들에게 큰 박수 부탁드립니다! 자, 다른 참가자들도 얼른 축하해줍시다.”

장내 모든 사람이 박수를 보냈다.

“다음은 34호 커플, 페드로 오르테가 군과 릴리언 베이컨 양의 후원사가 되어주신 곳입니다. 오셔닉 정비소 분들인데요. 자, 샌타모니카 오션 워크웨이 도로에 있는 오셔닉 정비소 분들에게도 큰 박수를 보내주십시오!"

또 한 번 박수 소리가 장내를 메웠다.

"여러분, 이 멋진 참가자들에게 더 많은 후원사가 필요하지 않겠습니까. 주변에 소문을 많이 내주셔서 이 친구들이 모두 후원사를 얻을 수 있게 해주세요. 보십시오. 242시간 동안 움직였는데도 아주 쌩쌩하지요. 이 대단한 친구들에게 박수를!"

박수가 터져 나왔다.

"저기 홀 끝에 있는 팜 가든을 방문하는 것도 잊지 마십시오. 시원한 맥주와 샌드위치를 준비해두었답니다. 다들 팜 가든을 많이 찾아주세요. 자, 그럼." 로키가 라디오 볼륨을 켜자 음악 소리가 다시 시끄럽게 울렸다.

글로리아와 나는 페드로와 릴리언 커플 근처로 이동했다. 페드로는 움직일 때마다 한쪽 다리를 절뚝거렸는데, 멕시코 시티에서 투우장에 갔다가 소뿔에 들이받힌 후유증이라고 했다. 릴리언은 흑갈색 머리의 백인 여자였다. 글로리아와 나처럼 그녀도 영화판을 기웃거리다 마라톤 댄스에 참가한 신세였다.

“축하해요.” 내가 그들에게 인사를 건넸다.

“기댈 구석이 생겼네요.” 페드로가 대답했다.

“MGM(세계에서 가장 오래된 미국의 영화 제작 및 배급사. 사자가 포효하는 로고로 유명 - 역자 주)이 아닐 바에야 정비소도 나쁘지 않죠. 정비소 사람들이 내 속옷을 고른다니 조금 이상하긴 하지만.” 릴리언이 말했다.

“누가 속옷을 준다고요? 그 사람들은 속옷을 주는 게 아녜요. 뒷면에 정비소 이름이 찍힌 스웨터를 준다고요.” 글로리아가 말했다.

“속옷도 챙겨준대요.”

“릴리언, 오셔닉 정비소에서 나온 여자분이 찾는데.” 롤로 심판이 다가와 말했다.

“누구요?”

“당신들 후원자, 이어건 부인 말이야.”

“세상에, 페드로. 속옷은 당신이 받게 생겼네요.”

*

글로리아와 나는 무대 쪽으로 이동했다. 오후 이 시간 즈음이 되면 그 자리에 가 있는 게 좋았다. 팜가든 창문을 통해 커다란 삼각형 모양의 햇살이 그곳으로 쏟아져 들어왔기 때문이다. 10분이면 사라지고 말았지만, 나는 잠깐이라도 온몸으로 햇빛을 느낄 수 있게 삼각형 안에서만 조금씩 움직였다. (탈락하지 않으려면 쉬지 않고 움직여야 했다) 살면서 햇빛에 고마움을 느낀 적은 이때가 처음이었다. '대회가 끝나면 햇빛을 실컷 보며 살아야지. 사하라 사막에 가서 얼른 영화를 찍고 싶어.'

하지만 이제 그럴 일은 없어.

바닥에 드리운 삼각형의 햇살 조각이 점점 쪼그라들었다. 삼각형이 작은 덩어리로 뭉개져 내 다리에 달라붙었다. 마치 살아 있는 생물처럼 내 몸을 타고 위로 올라왔다. 그 작은 덩어리가 턱까지 올라왔을 때, 나는 그것이 내 얼굴에 최대한 오래 머무를 수 있게 발뒤꿈치를 들었다. 눈을 부릅뜨고 창밖 태양을 똑바로 응시했다. 하나도 눈부시지 않았다. 순식간에, 햇빛은 자취를 감췄다.

나는 글로리아를 찾아 주위를 둘러보았다. 그녀는 무대 앞에서 몸을 좌우로 흔들며 로키와 이야기를 나누고 있었다. 무대에 걸터앉은 로키도 몸을 건들거리고 있었다. (의사, 간호사, 심판, 사회자, 심지어 소다수를 파는 소년까지, 모든 직원은 참가자와 이야기할 때 반드시 몸을 움직여야 했다. 주최사는 이 규칙을 엄격히 지키도록 요구했다)

"아까 저기서 까치발 들고 있던 모습이 진짜 웃기던데요. 무용수 같았어요." 글로리아가 말했다.

"열심히 연습하면 자네한테도 단독 공연을 마련해 주지." 로키가 웃음을 터트렸다.

"그거 괜찮네요. 오늘 햇빛은 어떻던가요?" 글로리아가 내게 물었다.

"당하고 있지만 말라고." 5호 커플의 맥 애스턴이 지나치며 한마디 거들었다.

"로키!" 삭스 도널드였다. 로키는 무대에서 내려와 그에게로 갔다.

“놀리지 좀 마요. 나는 안 그러잖아요.” 둘만 남았을 때 내가 글로리아에게 말했다.

“날 놀리려고 할 필요 없어요. 이미 아주 대단한 분이 날 놀려먹고 있거든. 신이 날 갖고 장난질이니까…. 그건 그렇고, 삭스 도널드가 로키를 왜 불렀게요? 비밀 하나 알려줄까요?”

“뭔데요?”

“6호 커플, 프레디랑 다니는 폴란드 여자애 있잖아요. 그 여자애 엄마가 프레디와 삭스를 고소할 거래요. 알고 보니 집에서 도망쳐 나온 애였더라고요.”

“그렇다고 고소를 해요?”

“애가 미성년자거든요. 열다섯 살밖에 안 됐다던데. 이렇게 세상이 멋대로 돌아가니, 신이 인간보다 나은 게 뭐 있나 싶어요.”

“그런데 왜 프레디를 고소해요? 그 사람 잘못이 아닐지도 모르잖아요.”

“법적으로는 그 사람 잘못이에요. 그게 중요한 거죠.”

나는 대화를 엿들으려는 요량으로 글로리아를 데

리고 삭스와 로키가 있는 쪽으로 슬며시 움직였다. 하지만 그들은 너무 작게 수군대고 있었다. 정확히 말하자면, 삭스 혼자 뭔가를 열심히 말했고, 로키는 가만히 들으며 고개를 연신 끄덕였다.

"지금 당장." 삭스의 마지막 말에 로키가 알았다는 표시로 고개를 끄덕인 후 플로어로 돌아왔다. 그는 우리 곁을 지나치며 글로리아를 향해 능청맞게 윙크를 했다. 롤로 피터스를 따로 불러낸 그는 진지한 표정으로 짧게 무언가를 지시했다. 롤로는 누군가를 찾는 듯 두리번거리며 로키와 헤어졌다. 로키는 다시 무대에 올랐다.

"쉬는 시간까지 몇 분 남지 않았군요. 여러분, 참가자들이 쉬러 들어가면 오늘 밤 있을 경주를 위해 바닥에 경주로를 그리는 작업이 있을 예정입니다. 곧 펼쳐질 경주를 절대 놓치지 마십시오. 장담컨대 지금껏 본 것과 차원이 다를 겁니다. 자, 쉬는 시간까지 2분이 남았네요. 어디 한 번 신나게 춤춰봅시다. 몸이 얼마나 쌩쌩한지 손님들에게 보여줘요! 여러분, 이 대단한 친구들에게 열띤 성원을 보내주십시오!”

로키가 라디오 볼륨을 살짝 높인 후 손뼉을 치며 발을 구르기 시작했다. 그러자 손님들도 덩달아 환호했다. 참가자들은 조금 더 힘을 내 움직이기 시작했지만, 그 이유가 손님들의 응원 때문은 아니었다. 이제 1~2분만 참으면 쉬는 시간이고 곧 배를 채울 시간이 돌아오기 때문이었다.

글로리아가 내 옆구리를 쿡 찌르더니 한쪽을 가리켰다. 그녀가 가리킨 곳을 보니 롤로 피터스가 프레디와 폴란드 여자애를 데리고 어디론가 걸어가고 있었다. 여자애는 울고 있는 듯했다. 그들에게 다가가려는 순간, 사이렌이 울렸고 모두가 한꺼번에 탈의실로 몰려갔다.

*

프레디는 침대 옆에 서서 작은 지퍼백에 여분의 신발을 욱여넣었다.

“소식 들었어요. 힘내요.” 내가 위로를 건넸다.

"난 괜찮아요. 몸을 함부로 굴리고 다닌 건 그 계집애니까. 경찰이 잡으러 오기 전에 이 동네를 뜨면 나야 무사하겠지. 삭스가 귀띔해줘 참 다행이지 뭡니까."

"이제 어디로 가요?"

"아마 남쪽으로. 늘 멕시코에 가보고 싶었거든요. 그럼, 안녕히."

"안녕히."

프레디는 다른 사람들이 눈치채기 전에 몰래 떠나 버렸다. 그가 뒷문을 열고 빠져나가는 순간, 바닷물에 반짝이는 태양 빛이 얼핏 눈에 들어왔다. 나는 잠시지만 몸을 움직일 수 없을 만큼 충격에 휩싸였다. 지난 3주 동안 진짜 태양 빛을 본 적이 없어 놀란 것인지, 아니면 뒷문이 있다는 사실을 이제야 알아서 그런 것인지는 알 수 없었다. 나는 제발 태양이 사라지지 않았기를 바라며 문가로 다가갔다.

이토록 뭔가를 강렬히 바랐던 적이 언제였던가.
크리스마스가 뭐 하는 날인지 알게 된 후로

처음 맞이한 크리스마스 날.
거실로 나가 불빛이 깜빡이는 나무를
보았던 그때.

뒷문을 열어보았다. 세상의 저편에서 태양이 수평선 아래로 가라앉고 있었다. 아주 시뻘겋게 타오르고 있어서 김이 피어오른다 해도 이상하지 않을 정도였다.

바닷물에서 김이 피어오르는 걸 딱 한 번
본 적이 있긴 하다.
해변 도로를 지나는데 바닷가에서 불꽃놀이를
하려고 폭죽을 만지작거리는 남자들을 보았다.
갑자기 폭죽이 폭발하는 바람에
남자들 몸에 불이 옮겨붙었고,
남자들은 냅다 바닷물에 뛰어들었다.
바로 그때 바닷물에서 김이 피어올랐다.

태양 빛이 그 위의 얇은 구름을 붉게 물들였다. 태

양이 바다로 저물어가는 바깥 풍경은 아주 평온했다. 바다라는 생각이 하나도 들지 않았다. 그 풍경은 황홀하고, 황홀하며, 또 황홀하기만 했다. 저 멀리 다리에서는 일몰에 관심 없는 사람들이 모여 낚시를 하고 있었다. 한심한 사람들. '낚시하느라 저 일몰을 놓치다니.'

누군가 문손잡이를 낚아채 대포를 발사하듯 쿵 하고 문을 닫았다.

"귀먹었어? 문 닫으라고! 탈락하고 싶어?" 교관이었다.

"해 저무는 걸 구경한 게 다예요."

"웬 정신 나간 소리야! 누워서 눈이나 붙이라고. 지금 자두는 게 좋을 거야."

"잠이 안 와요. 저 아주 멀쩡해요. 살면서 이렇게 멀쩡한 적이 없었어요."

"쉬라면 좀 쉬어. 몇 분 안 남았으니까 얼른 가서 눕도록."

교관은 내가 침대로 가는 내내 뒤를 따라다니며

잔소리했다. 새삼 탈의실 냄새가 역하게 느껴졌다. 원래 냄새에 예민한 내가 사람들이 득실대면 풍기는 이 특유의 악취를 지금껏 느끼지 못했다니, 이상한 노릇이었다. 나는 신발을 벗고 침대에 벌러덩 드러누웠다.

"마사지 받을 텐가?" 교관이 물었다.

"아뇨. 괜찮아요."

교관은 혼자 중얼거리다가 다른 곳으로 가버렸다. 나는 가만히 누워 조금 전 태양을 생각했고 그 색깔을 떠올려보았다. 그것은 말로 형용할 수 없는 불그스레한 빛깔을 띠고 있었지만 한두 번 희미하게 그려지다가도 도무지 떠오르지 않았다. 한때 알고 지냈으나 지금은 기억에서 희미해진 사람, 체형과 말씨만 떠오를 뿐 아련한 파편들이 하나로 합쳐지지 않는 존재를 기억해내려는 것과 같았다.

침대에 누운 내 다리로 저 아래 말뚝에 부딪히는 파도의 떨림이 전해졌다. 파도는 올라왔다가 내려가고, 올라왔다가 내려가고, 밀려왔다가 쓸려가고, 밀려왔다가 다시 쓸려가기를 반복했다.

사이렌 소리에 나는 내심 다행이라고 생각하며 몸을 일으켜 플로어로 나갔다.

법이 내릴 수 있는 최고의 극형에 처한다.

7

페인트공들이 이미 다녀간 후였다. 플로어에는 굵은 하얀 선이 타원형으로 그려져 있었다. 우리가 따라 달리게 될 경주로였다.

"프레디가 떠났어요." 샌드위치와 커피가 준비된 테이블로 걸어가면서 글로리아에게 프레디 소식을 전했다. (지금은 간식을 먹는 시간이었다. 정식 끼니는 밤 열 시에 먹을 수 있었다)

글로리아가 속삭였다. "그 여자애도요. 복지사 두 명이 그 애를 데리고 갔어요. 집으로 돌아가면 제 엄마에게 엉덩이를 흠씬 맞을 테죠."

"좀 이상한 말이지만, 프레디가 떠난 덕에 굉장한 풍경을 봤어요."

"그 사람한테 괴롭힘당하기라도 했어요?"

"아, 그런 게 아니라, 그 사람이 떠나는 걸 보지 못했더라면 일몰을 구경하지 못했을 테니까요."

"세상에, 햄 샌드위치밖에 없다고?" 글로리아가 샌드위치를 이리저리 살피며 말했다.

"칠면조거니 생각하고 드쇼." 뒤에 줄을 서서 기다리고 있던 맥 애스턴이 농담을 던졌다.

"소고기도 있어요. 소고기로 가져갈래요?" 간호사가 물었다.

글로리아는 소고기 샌드위치를 하나 집으면서 햄 샌드위치도 함께 챙겼다. "내 거에는 각설탕을 네 개 넣어줘요." 커피를 따르던 롤로에게 글로리아가 청했다. "크림도 듬뿍 올려주고요."

"배에 굶은 조랑말이라도 들어앉았나 봐." 맥 애스턴이 말했다.

"저는 블랙커피로 부탁해요." 내가 롤로에게 말했다.

글로리아는 샌드위치와 커피를 들고서 악단 단원들이 악기를 조율하고 있는 무대 쪽으로 걸어갔다. 그녀를 발견한 로키 그라보가 무대에서 껑충 내려와 그녀와 말을 섞기 시작했다. 끼어들 틈이 보이지 않았기에, 나는 혼자 반대편으로 가 자리를 잡았다.

"안녕하세요." 한 참가자가 말을 걸어왔다. 그녀는 등에 '7호'라고 적힌 이름표를 달고 있었다. 머리카락도 눈동자도 검은 그녀는 꽤 예쁘장했다. 우리는 아직 통성명한 사이가 아니었다.

"안녕하세요." 나는 그녀에게 인사하는 동시에 그녀의 파트너를 찾아 두리번거렸다. 7호 남자는 특별 관람석 앞줄에 앉은 여자 두어 명과 이야기를 나누고 있었다.

"좀 어때요?" 7호 여자가 물었다. 말투만 들어서는 부잣집 아가씨 같았다.

'이런 여자가 왜 이런 데를 왔을까?' 속으로 생각하며 대답했다. "그럭저럭요. 무사히 끝내서 우승했으면 소원이 없겠네요."

"상금으로는 뭘 하고 싶은데요?" 그녀가 웃으며

물었다.

"영화를 찍을 거예요."

"10,000달러로는 제대로 된 영화 찍기가 힘들 텐데, 안 그래요?" 그녀가 말하며 샌드위치를 베어 물었다.

"아, 큰 영화는 아니고, 단편 영화를 생각 중이에요. 20분, 어쩌면 30분짜리 영화가 될 거예요."

"재밌는 분이네요. 사실 지난 2주 동안 그쪽을 쭉 지켜봤어요."

"저를요?" 뜻밖의 말이었다.

"네. 오후마다 저기서 햇빛을 받으며 서 있는 것도 매일 봤고요. 표정이 참 풍부하세요. 어떤 때는 공포에 질린 것 같기도 하고."

"잘못 봤겠죠. 여기 무서운 게 뭐 있다고?"

"좀 전에 당신이 파트너에게 일몰 얘기하는 걸 우연히 들었는걸요." 그녀가 미소 지었다.

"그냥 그렇다는 거였어요."

"그건 그렇고…" 그녀가 눈을 찌푸리며 벽시계를 확인했다. "아직 십여 분이 남았는데 부탁 좀 들어줄래요?"

"뭐…, 그러죠."

그녀가 고개를 까딱하며 무대 뒤편으로 향했고 나는 그녀를 뒤따랐다. 무대는 바닥에서 1미터 정도 띄워져 있었는데, 무대 벽면을 감싼 묵직한 하얀 천이 길게 늘어져 바닥까지 내려왔다. 무대 뒤편은 지지대와 간판으로 가려져 동굴처럼 아늑했다. 시끌벅적한 소리만 아니었다면 이 세상에 나와 그녀 둘만 남았다고 생각했을 것이다. 우리 둘은 왠지 모르게 흥분되었다.

"이리 와요." 그녀가 바닥에 엎드리더니 천을 들어 올리고 무대 아래로 기어들어 갔다. 심장이 빠르게 뛰었고 피가 바싹 마르는 기분이었다. 발밑에서 철썩이는 파도가 느껴졌다.

"어서요." 그녀가 낮게 속삭이며 내 발목을 잡아당겼다. 이제야 그녀가 뭘 원하는지 짐작이 갔다.

새로운 경험이란 건 없다.

어떤 일을 겪어본 적 없다거나

생전 처음 겪는다고 생각한다면,
그건 착각에 불과하다.
무언가를 보거나 냄새를 맡고,
듣거나 느끼는 순간,
처음인 줄로만 알았던 그 경험을
과거에 이미 겪어보았음을 깨닫게 된다.

그녀가 나를 무대 밑으로 끌어들이려고
발목을 잡아당긴 순간,
과거에 그녀와 똑같이 행동했던
여자아이가 떠올랐다.
그때는 무대가 아니라
집 테라스에서 일이 벌어졌다.
내가 열세 살, 열네 살 정도 됐을 때였고
여자아이도 비슷한 또래였다.

메이블, 옆집에 살던 그 아이.
우리는 학교에서 돌아오고 나면
테라스에서 함께 놀았는데,

어떤 때는 그곳을 동굴이라 상상하며
그 안에 갇힌 강도나 죄수가 된 척 연기를 했다.
나중에는 그곳을 집이라 상상하며
엄마 아빠 놀이를 했다.
하루는 메이블이나 엄마 아빠 놀이에 대해서는
까마득히 잊은 채 나 혼자 테라스에 앉아
있었는데, 밑에서 누군가 내 발목을 잡아당겼다.
내려다보니 메이블이었다.
"이리 와." 하고 그 애는 말했다.

무대 아래는 깜깜했다. 무릎을 꿇고 두 손으로 바닥을 짚으며 앞을 더듬거리는데 대뜸 그녀가 내 목에 매달렸다.

"얼른…" 그녀가 내 귓가에 대고 속삭였다.

"뭔 소리지? 이거 누구야?" 한 남자가 버럭 소리를 질렀다. 그의 입김이 내 머리카락에 느껴질 만큼 그는 아주 가까이에 있었다.

목소리의 주인은 로키 그라보였다. 갑자기 긴장되면서 속이 뒤틀렸다. 7호 여자는 내 목에 두르고 있던 손을 풀고 무대 밖으로 도망치기 시작했다. 여기서 목소리를 냈다가는 로키에게 발각될 것이 분명했다. 나는 일단 황급히 천으로 몸을 숨겼다. 먼저 무대 밖으로 빠져나가 두 발로 선 7호 여자가 어깨너머로 나를 힐끔 돌아봤다. 그녀의 얼굴은 하얗게 질려 있었다. 우리는 입을 굳게 다문 채 아무 일도 없었다는 듯 태연히 플로어로 나갔다. 간호사가 다 마신 커피잔을 바구니에 수거하고 있었다. 내 손과 옷은 먼지투성이였다. 대회가 다시 시작하기까지는 1~2분 정도 여유가 있었다. 서둘러 탈의실로 가 손을 씻고 옷매무새를 다듬었다. 마음이 한결 가라앉았다.

'하마터면 큰일 날 뻔했네. 다시는 이런 짓 말아야지.'

나는 플로어로 돌아갔다. 곧 호루라기 소리와 함께 악단이 연주를 시작했다. 역시나 솜씨가 형편없었지만, 라디오보다는 나았다. 적어도 악단이 연주하는 동안에는 간곡한 목소리로 상품을 홍보하는 성우의 목소리를 듣지 않아도 됐기 때문이다. 이미 나는 이 대회에서 평생 듣고도 남을 라디오 소리를 들은 터였다.

지금도 라디오 소리가 들린다.
법정 건너편 건물에서
아주 희미하게 새어 나오고 있다.
'돈이 필요하신가요?'
'고민이 있으시다고요?'

"어디 있었어요?" 글로리아가 내 손을 잡아끌며 물었다.

"그냥 있었어요. 춤춰볼까요?"

"그러죠." 그녀가 대답했다. 우리는 플로어를 돌며 춤을 췄다. 그녀는 한 바퀴 만에 속도를 늦췄다. "너무 힘드네요."

그녀 허리에서 손을 뗐을 때 내 손가락은 다시 먼지투성이였다. '이상하다. 조금 전에 분명 손을 씻었는데.'

"뒤돌아봐요." 내가 글로리아에게 말했다.

"왜요?"

"뒤돌아봐요."

그녀는 입술을 잘근거리며 머뭇거렸다. 나는 한 발 뒤로 물러서 그녀의 뒤를 확인했다. 그녀는 흰색 울 스커트에다 하얀 울 니트 차림이었는데 뒷면이 먼지로 온통 더럽혀져 있었다. 그 먼지가 어디서 왔는지 나는 아주 잘 알고 있었다.

"왜 그러는데요?"

"가만히 있어요." 나는 손으로 그녀의 등을 두드려 먼지와 보푸라기를 털어냈다.

"아까 탈의실에서 릴리언이랑 대판 싸웠을 때 묻었나 보네…" 그녀가 한참 만에 입을 뗐다.

'내가 순 바본 줄 아나.' 속으로 중얼거렸다. "그랬나 봐요."

우리는 걷다 보니 롤로 피터스와 가까워졌다.

"저 여자는 누구예요?" 7호 여자를 가리키며 롤로에게 물었다.

"로즈메리 로프투스, 가이 듀크의 파트너야."

"보는 눈도 없지." 글로리아가 끼어들었다.

"그냥 누구냐고 물어본 거예요. 관심 없어요."

"관심 안 두는 게 좋아요. 롤로, 당신이 한번 말해 봐요."

"나는 빼주게. 저 여자에 대해서는 아무것도 모르니까." 롤로는 고개를 저었다.

"저 여자한테 무슨 문제 있어요?" 내가 글로리아에게 물었다. 어느새 롤로는 베이츠 부부가 있는 쪽으로 걸어가고 있었다.

"그렇게 여자를 몰라요? 정말로?" 글로리아가 실소를 터트리며 고개를 절레절레 저었다. "진짜 특이하다니까."

"됐어요. 못 들은 셈 쳐요."

"저 여자는 미시시피강 서부 출신인데 진짜 나쁜 년이에요. 고등교육까지 받았다죠. 나쁜 년 중에서도 제일 나쁜 년이지. 저 여자 때문에 다른 여자들이 무서워서 화장실도 제대로 못 가요."

"안녕하세요, 글로리아." 레이든 부인이었다. 그녀는 오늘도 무대에서 가장 멀찍이 떨어진 특별관람석

앞줄에 앉아 있었다. 글로리아와 나는 울타리 앞으로 다가갔다.

"내가 가장 응원하는 커플이 오늘은 좀 어떠려나?"

"괜찮습니다. 부인은요?" 내가 대답했다.

"괜찮다마다. 오늘은 늦게까지 있으려고요. 이거 보이죠?" 그녀가 옆자리에 놓인 담요와 도시락을 가리켰다. "여기서 계속 응원할게요."

"그것참 고맙네요." 글로리아가 말했다. "팜 가든과 멀찍이 떨어져 앉지 그러세요? 이따가 사람들이 술을 마시기 시작하면 꽤 시끄러워질 텐데요."

"나는 이 자리가 좋아요." 부인은 웃으며 대답했다. "이따 경주가 열리잖아요. 여기 있어야 회전 길목이 잘 보이니까. 참, 오후 신문을 가져왔는데 보겠어요?" 부인이 담요 밑에서 신문을 꺼냈다.

"감사합니다. 안 그래도 세상이 어떻게 돌아가는지 궁금했거든요. 바깥 날씨는 어때요? 세상이 많이 달라졌나요?"

"날 놀리는 거라면…"

"아뇨. 그게 아니라, 그냥 이 홀에 100만 년은 갇혀 있었던 것 같아서요. 어쨌든 신문 잘 읽겠습니다, 레이든 부인."

나는 다른 곳으로 이동하며 신문을 펼쳤다. 대문짝만한 헤드라인이 눈에 들어왔다.

마라톤 댄스 대회에서 젊은 살인자 전격 체포

–

해변 대회 참가 중에 검거된 탈옥수

–

어제 경찰은 샌타모니카 유원지에서 열리고 있는 마라톤 댄스 대회에서 살인 용의자를 검거했다. 용의자 쥬세페 로디(26)는 이탈리아 출신으로, 8개월 전 일리노이주 졸리엣에 있는 주립 교도소에서 탈옥했다. 그는 시카고에서 약국에 침입해 돈을 갈취하려다 고령의 약제사를 살해한 혐의로 50년형을 선고받고 4년째 복역하던 상태였다.

–

쥬세페 로디는 '마리오 페트로네'라는 가명으로

마라톤 댄스 대회에 참가했다.
강도 수사 전담반의 블리스, 보이트 형사에게
검거될 당시, 그는 저항 없이 순순히 명령에
따른 것으로 알려졌다. 형사들은 머리를 식힐 겸
마라톤 댄스 대회를 구경하러 갔다가
월간 범죄잡지 속 지명 수배란에서 보았던
쥬세페 로디를 우연히 발견했다고 밝혔다.
'라인업'이라고 이름 붙은 지명 수배란에는 악명
높은 범죄자들의 사진과 인상착의가 실리며…

"믿어져요? 나는 이걸 바로 옆에서 지켜봤어요. 마리오가 참 안 됐어요."

"우리 신세하고 뭐 그리 다르겠어요?"

페드로 오르테가, 맥 애스턴, 이 밖에 몇 사람들이 신문을 발견하고는 들뜬 목소리로 떠들며 다가왔다.

나는 글로리아에게 신문을 넘긴 뒤 무리에서 빠져 나왔다.

'끔찍하기도 하지. 50년이라니! 불쌍한 마리오…'

지금 마리오가 내 소식을 듣는다면,
그럴 수만 있다면,
'아, 불쌍하기도 해라! 쓸데없이 날 걱정하더니만
자기가 먼저 형장의 이슬로 사라지는구나…'
라고 생각하겠지.

다음번 쉬는 시간에 삭스 도널드가 발표한 계획은 우리 모두를 놀라게 했다. 참가자 전원은 운동화에다 흰 반바지, 흰 라운드 티셔츠 차림으로 경주에 참여해야 했다. 남자들은 허리에 두꺼운 가죽 벨트를 둘러야 했는데, 짐가방처럼 벨트 양쪽에 작은 손잡이가 달려 있었다. 회전구간을 돌 때 여자 파트너가 붙잡을 수 있도록 만들어진 장치였다. 처음에는 우스운 짓이라고 생각했지만, 나중에 가보니 상황을 제대로 파악하고 있는 것은 결국 삭스 도널드였다.

"자, 명심하도록. 오늘부터 떼돈이 들어올 거야. 경주를 보러 영화배우들이 많이 오면 구경꾼도 자연스레 늘어날 테지. 어떤 커플은 오늘 탈락하게 될 거고 앞으로 매일 탈락자가 나올 거야. 이걸로 불평

할 생각은 마. 공평한 방법이니까. 모두가 공평하게 기회를 받는다 이 말이야. 운동복으로 갈아입을 시간은 따로 줄 테니 걱정하지 말고. 참, 아까 오후에 마리오 페트로네와 연락이 닿았는데, 모두에게 작별 인사를 전해달라 하더군. 자, 그럼 손님들이 돈을 쓴 보람을 느끼게 해주자고."

삭스 도널드가 마리오 이야기를 꺼낸 것은 뜻밖이었다. 분명 마리오가 체포될 때만 해도 그는 마리오를 한 대 칠 것처럼 날뛰었기 때문이다.

"저분이 마리오에게 화가 많이 난 줄 알았어요." 내가 롤로에게 말했다.

"이제는 아니야. 오히려 그 사건으로 홍보가 제대로 됐거든. 그 사건이 아니었으면 여기서 마라톤 댄스 대회가 열린다는 걸 아무도 몰랐을 거야. 신문에 대문짝만하게 실리니 효과가 대단하긴 하더군. 오후 내내 예약이 끊이질 않았으니."

피고인 로버트 시버튼은…

8

이날 밤, 대회가 열린 후 처음으로 홀이 북적였고 관람석이 만석을 이뤘다. 팜 가든에도 사람들이 가득 모여 왁자지껄 웃고 떠들었다. '롤로 말이 맞았어. 마리오가 체포돼서 엄청나게 홍보가 된 거야.' (하지만 모두가 신문 기사를 보고서 대회를 찾은 것은 아니었다. 나중에 알게 된 바로는 그동안 삭스가 라디오 방송국들을 돌아다니며 열심히 대회를 홍보했다고 한다)

교관들과 간호사들이 경주 준비를 마치는 동안 참가자들은 운동복 차림으로 주변을 서성였다.

"벌거벗은 기분이에요." 내가 글로리아에게 말했다.

"벌거벗은 것처럼 보여요. 낭심 보호대라도 차야 할 것 같은데."

"그런 건 안 주던데요. 옷이 그 정도로 아슬아슬해 보여요?"

"꼭 그래서가 아니라, 잘못하면 터져버릴 수도 있잖아요. 롤로에게 말해서 내일 하나 사달라고 해요. 소형, 중형, 대형이 있는데 그쪽은 소형이면 되겠네요."

"나만 그런 거 아닌데요." 나는 주변 남자들을 둘러보며 대꾸했다.

"다들 허세만 잔뜩 부리고 있네요."

운동복을 입은 참가자들은 아주 우스꽝스러워 보였다. 나는 살면서 이렇게 못난 팔다리들을 본 적이 없었다.

"저기 봐요. 참 가관이죠?" 글로리아가 베이츠 부부가 있는 쪽을 향해 고개를 까딱였다.

루비는 출산일이 임박해 보였다. 티셔츠 아래에 베

개를 쑤셔 넣은 것처럼 배가 불룩했다.

“확실히 눈에 띄긴 하네요. 하지만 말했다시피 저 사람들 사정이니까 신경 쓰지 마요.”

사회자 로키가 마이크 앞에 섰다. “신사 숙녀 여러분, 오래 기다린 경주를 시작하기에 앞서 몇 가지 규칙을 소개해드리겠습니다. 참가자 수를 고려하여 경주는 전반전과 후반전으로 나뉘어 치러집니다. 40개 커플이 전반전에, 나머지 40개 커플이 후반전에 참가합니다. 전반전과 후반전 사이에는 쉬는 시간이 몇 분 있습니다. 전반전과 후반전에 뛰게 될 커플은 제비뽑기로 정해집니다.”

“앞으로 일주일간 이러한 식으로 매일 경주가 열립니다. 정해진 시간 동안 가장 적게 달린 커플이 탈락하게 됩니다. 일주일 후부터는 전후반 없이 하루에 한 번씩만 경주가 열립니다. 참가자들은 15분 동안 경주로를 따라 달릴 겁니다. 남자들은 뒤꿈치로 먼저 착지한 후에 앞꿈치가 바닥에 닿아야 합니다. 여자들은 경보와 뜀박질 가운데 편한 걸 선택합니다. 1등 커플에게 주어지는 것은 없습니다만, 여러분이 응원의 마음을 담아 후원금을 보태주신다면 이 친구들에게 큰 힘이 되겠지요."

"보다시피 플로어 중앙에 침대를 준비해두었습니다. 간호사들과 교관들이 오렌지 조각, 물수건, 암모니아 각성제를 들고 경주 내내 플로어를 지킬 겁니다. 몸에 이상이 생긴 참가자들이 무리하게 뛰는 일이 없도록 의사도 함께합니다."

앳된 의사가 목에 청진기를 걸고서 아주 엄숙한 표정으로 플로어 한가운데에 서 있었다.

"아, 잠시, 여러분. 잠시만 주목해주십시오. 지금 제 손에 오늘 밤 우승 커플에게 주어질 100달러 상금이 들어왔습니다. 영화계에서 맹활약 중인 루비 킬러(캐나다에서 태어나 할리우드에서 활약한 영화배우 겸 댄서. 영화 '42번가42nd Street'에서의 열연으로 대단한 인기를 구가함 - 역자 주) 양께서 후원해주셨습니다. 박수 부탁드립니다!"

루비 킬러가 일어나 꾸벅 인사했다.

"아주 좋습니다, 여러분. 자, 이제 이 친구들의 바퀴 수를 기록할 심판진이 필요한데 말이지요."

로키는 잠깐 말을 멈추고 얼굴에 맺힌 땀을 훔쳐 냈다. "특별히 우리 관객분들을 심판으로 모셔볼까 합니다. 총 마흔 명이 필요해요. 원하시면 부담 갖지 마시고 무대로 올라와 주십시오."

사람들이 망설이는 사이 레이든 부인이 가장 먼저 울타리 밑을 통과해 플로어를 지나 무대로 향했다. 그녀는 글로리아와 나를 보며 미소와 함께 윙크를 날렸다.

"저 여자 덕을 볼 수도 있겠네요." 글로리아가 말했다.

뒤이어 사람들이 줄줄이 무대에 올랐고 그렇게 심판진이 모두 꾸려졌다. 사람들은 롤로한테 받은 종이와 연필을 들고 무대 주변에 자리를 잡았다.

"좋습니다. 이제 심판진도 생겼군요. 그럼 전반전에 참가할 커플을 뽑아보도록 하지요. 여기 이 모자에 1부터 80까지 적힌 쪽지가 있습니다. 여기서 40장을 뽑겠습니다. 번호가 뽑히지 않은 커플은 자동으로 후반전에 참가하게 됩니다. 자, 그럼 제비뽑기를 해주실 분이 필요한데…, 여기, 부인께 부탁해도 될까요?"

로키가 모자를 내밀어 청한 사람은 레이든 부인이었다. 부인은 환히 웃으며 고개를 끄덕였다.

"저 여자만 신났네." 글로리아가 빈정거렸다.

"아주 좋은 분이라고 생각해요." 내가 말했다.

"좋기는 개뿔."

레이든 부인이 모자에서 숫자가 적힌 쪽지를 한 장씩 뽑기 시작했다. 로키는 쪽지를 건네받을 때마다 마이크에 대고 번호를 크게 호명했다.

"첫 번째 팀은 105호 커플입니다! 자, 번호가 불린 커플은 얼른 이쪽으로 와서 대기해 주세요."

레이든 부인이 쪽지를 로키에게 전달하면 로키는 번호를 호명한 다음 심판 중 한 명에게 그 쪽지를 건넸다. 그걸 받은 심판은 해당 번호의 커플을 지켜보며 바퀴 수를 세야 했다.

"다음은…, 22호 커플!" 로키는 이렇게 외친 후 안경을 쓴 청년에게 쪽지를 건넸다.

"갑시다." 내가 글로리아에게 말했다. 22호 커플은 우리였다.

"제가 맡고 싶어요. 특별히 응원하는 커플이거든요." 레이든 부인이 이렇게 말하는 소리가 들렸다.

"부인. 죄송합니다만, 순서를 기다리십시오." 로키가 대답했다.

제비뽑기가 마무리되고 전반전에 뛸 참가자들이 출발선 근처에 다 모였을 때 로키가 말했다. "자, 여러분. 이제 정말 경주가 시작됩니다! 남자 참가자들은 뒤꿈치가 먼저 땅에 닿아야 한다는 걸 명심해요. 도중에 경주로를 이탈하면 파트너가 한 바퀴를 더 돌아야 한다는 것도 다들 기억하시고. 그럼, 이제 킬러 양께서 방아쇠를 당겨주시겠습니까?"

그녀가 고개를 끄덕이자 로키는 화약총을 롤로에게 건넸고, 롤로는 특별관람석으로 걸어가 그녀에게 화약총을 전달했다. 그녀 옆에는 누군지 모를 여자가 앉아 있었다. 그녀 남편 졸슨(앨 졸슨. 20세기 초반을 풍미한 가수이자 뮤지컬 배우. 영화 '재즈 싱어The Jazz Singer'의 주연을 맡음. 루비 킬러와는 12년간의 결혼 생활 후 이혼함. - 역자 주)은 보이지 않았다.

"여러분, 놀랄 준비되셨나요? 킬러 양, 방아쇠를

당겨주세요!" 로키가 그녀에게 손짓으로 신호를 보냈다.

글로리아와 나는 출발선에 섰다. 총소리와 동시에 우리는 힘차게 발을 내디뎌 앞으로 치고 나갔다. 글로리아는 내 팔을 꽉 붙들었다.

"팔 말고 벨트!" 나는 다른 참가자들을 열심히 밀쳐내며 그녀에게 소리쳤다. 처음에는 모두가 선두를 차지하려고 몸싸움을 벌였지만, 1분 정도가 지나자 조금씩 간격이 벌어져 성큼성큼 움직였다. 글로리아는 내 보폭에 맞춰 거의 달리다시피 움직여야 했다.

"뒤꿈치 먼저! 그다음에 앞꿈치로! 그냥 뛰지 말고!" 롤로가 나를 다그쳤다.

"그렇게 하고 있어요."

"뒤꿈치가 먼저라니까, 이렇게~"

롤로가 내 앞에서 시범을 보였다. 나도 모르는 게 아니었다. 다만 나는 어깨와 팔을 요령 있게 움직여 속도를 내는 것뿐이었다. 그리 대단한 비결도 아니었다. 몸이 자연스레 그렇게 움직였다. 하나도 어렵지 않아서 내가 예전에 이런 걸 해봤었나 스스로 의아

할 정도였다. 기억력이 유달리 좋은 편임에도 기억나는 게 없는 것으로 보아 그런 경험은 없었던 게 분명했다.

5분이 지났을 때 글로리아와 나는 선두에 가까워져 있었다. 그런데 그즈음부터 글로리아가 제대로 움직이지 못했다. 발을 내딛는 것도 힘겨워했다. 급기야 내가 그녀를 질질 끌고 가는 모양새가 되어버렸다. 그녀는 내 허리에 달린 벨트 손잡이를 죽기 살기로 붙들었고 그 바람에 내 허리는 끊어질 지경이었다.

"너무 빨라요?" 내가 속도를 늦추며 물었다.

"네!" 그녀는 곧 숨이 넘어갈 것처럼 헐떡였다.

간호사가 물수건을 내 목덜미에 철썩 얹었다. 나는 그 바람에 하마터면 균형을 잃고 넘어질 뻔했다.

"자, 이걸로 얼굴을 닦아요." 내가 글로리아에게 수건을 건네는 순간, 35호 커플이 회전 길목에서 속도를 내어 우리 앞쪽으로 끼어들었다. 그러나 35호 여자는 갑자기 빨라진 속도를 감당하지 못해 비틀거리기 시작했고 벨트 손잡이를 놓치고 말았다.

"35호 옆으로!" 로키 그라보가 소리쳤다. 간호사와 교관이 도착하기도 전에 35호 여자는 앞으로 고꾸라져 바닥에 나뒹굴었다. 혼자였다면 충분히 피할 수 있었겠지만, 글로리아가 내게 매달려 있는 상태에서 그랬다가는 자칫 그녀까지 벨트 손잡이를 놓쳐 넘어지게 될까 걱정이 앞섰다. (기차놀이를 하다가 앞사람이 갑자기 방향을 틀면 뒷사람이 넘어지게 되는 상황과 같달까)

"조심해요!" 글로리아에게 경고했지만 소용없는 일이었다. 글로리아는 35호 여자 몸에 걸려 넘어지면서 덩달아 나까지 잡아 넘어트렸다. 순식간에 네다섯 커플이 뒤엉켜 쓰러졌고 다들 먼저 일어나려고 기를 썼다. 로키가 마이크로 뭐라 외치자 구경꾼들이 술렁였다.

나는 겨우 몸을 일으켜 두 발로 섰다. 무릎이 쓸려 화끈거린다는 점 빼고는 아픈 곳이 없었다. 간호사들과 교관들이 우르르 달려와 넘어진 여자 참가자들을 부축했다. 글로리아와 루비는 간이침대로 실려

갔다.

"여러분, 심각한 상황은 아닙니다. 잠시 몸이 엉켰나 보군요. 경주에서 늘 일어나는 일이지요. 자, 여성 참가자들이 치료받는 동안 남성 파트너들은 두 바퀴를 돌아야 한 바퀴로 인정됩니다. 우리 솔로들에게 자리 좀 양보해줘요!"

나는 순위가 떨어지지 않도록 속도를 높였다. 벨트를 잡아당기는 글로리아가 없으니 몸이 깃털처럼 가벼웠다. 간호사와 교관이 그녀를 살폈고 의사가 청진기로 그녀의 심장 박동을 확인했다. 뒤이어 간호사가 암모니아 각성제를 그녀 코에 갖다 댔고, 교관이 그녀 다리를 주물렀다. 옆에 있는 루비도 똑같은 치료를 받았다. 혼자 네 바퀴를 돌았을 때 글로리아가 돌아왔다. 그녀 얼굴은 핏기 하나 없이 창백했다.

"참을 수 있겠어요?" 내가 속도를 늦추며 그녀에게 물었다. 그녀는 말없이 고개를 끄덕였다. 구경꾼들은 손뼉을 치고 발을 구르며 환호했다. 로키는 마이크 앞에서 연신 분위기를 띄웠다. 이윽고 루비도 기진맥진한 표정으로 돌아왔다.

"살살해도 되겠어. 안정권이니까." 롤로가 옆을 지나치며 내게 말했다.

그런데 바로 그 순간, 왼쪽 다리가 찌릿하더니 통증이 온몸을 타고 머리끝까지 퍼졌다. "젠장, 다리가 안 움직여요!"

"발을 굴러! 구르라고!" 롤로가 외쳤다.

무릎이 굽혀지지 않았다. 다리는 막대기처럼 뻣뻣하게 굳어버려 말을 듣지 않았다. 앞으로 걸음을 내디딜 때마다 통증이 온몸을 휘감았다.

"근육 경련을 호소하는 참가자가 생겼군요. 22호 옆으로!" 로키가 교관들에게 지시했다.

"발을 굴러보라니까!" 롤로가 말했다.

나는 그가 시키는 대로 바닥에 발을 쾅 굴렀다. 그러자 조금 전보다 훨씬 심한 통증이 밀려왔다.

"계속 차, 계속 차라고!"

"닥쳐요! 더 아프기만 하잖아요!"

교관 둘이 달려와 나를 부축해 간이침대로 데려갔다.

"22호 여자만 용감하게 혼자 남았습니다. 글로리

아 비티, 참으로 씩씩하군요! 파트너가 근육 경련으로 나가 있는 동안 혼자 달려야 합니다. 이를 악물고 달리는 저 모습을 보십시오! 자, 다들 비티 양에게 자리 좀 양보해줍시다~" 로키가 소리쳤다.

교관 한 명이 내 어깨를 붙들었고, 다른 한 명이 내 다리를 위아래로 움직이며 주먹으로 허벅지를 두드렸다.

"아파요."

"좀 참아. 전에 이런 적 없었나?" 어깨를 붙들고 있는 교관이 말했다.

갑자기 다리 안에서 '딸깍'하는 느낌과 함께 통증이 사라졌다.

"이제 괜찮을 거야." 교관이 말했다.

나는 일어나 경주로 밖에서 글로리아를 기다렸다. 글로리아는 반대편 경주로에서 내 쪽으로 다가오고 있었다. 그녀는 발걸음을 내디딜 때마다 힘겨운지 고개를 위아래로 들썩였다. 나는 어서 그녀가 오기를 기다렸다. (간이침대에 있다가 경주로로 돌아갈 때는 처음 나갔던 자리에서 다시 출발하는 것이 규칙이었다) 나는 서서히 걷기 시작했고, 다시 만난 그녀는 곧바로 내 허리에 감긴 벨트 손잡이를 붙들었다.

"2분 남았습니다. 여러분, 다 함께 응원해주십시오!" 한껏 흥이 난 손님들이 손뼉을 치고 발을 구르는 소리에 장내는 더욱 소란스러워졌다.

다른 커플들이 속도를 높여 하나둘 우리를 앞지르기 시작했다. 나도 질세라 있는 힘껏 내달렸다. 글로리아와 내가 꼴찌일 리 없다고 생각했지만, 둘 다 경주로 밖에서 치료받느라 허비한 시간이 있었으므로 혹시 모를 탈락 위험을 감수하고 싶지 않았다. 경주 종료를 알리는 화약총 소리와 함께 참가자 절반이 그대로 바닥에 주저앉았다. 글로리아는 눈에 초점이 없었다. 그녀는 기절하기 직전이었다.

"저기요!" 내가 간호사를 부르기 무섭게 글로리아는 정신을 잃었다. 나는 축 늘어진 그녀를 간신히 붙들어 간이침대로 데리고 갔다. "저기요! 의사를 불러줘요!" 교관을 향해 외쳤다. 아무도 신경을 쓰지 않았다. 바닥에 널브러진 참가자들을 부축하느라 다들 정신이 없었다. 손님들은 자리에서 일어난 채로 뭐라 뭐라 떠들어댔다.

물수건으로 글로리아의 얼굴을 닦아내고 있는데 어디선가 레이든 부인이 나타났다. 그녀는 싱긋 웃으며 간이침대 옆 테이블에 놓인 암모니아 각성제 병을 집어 들었다.

"탈의실로 들어가 봐요. 글로리아는 괜찮을 거예요. 갑자기 몸을 써서 놀란 거야."

*

나는 포트사이드(이집트 동북부에 있는 항구 도시로 지중해와 맞닿아 있음 - 역자 주)로 향하는 배에 올라탔다. 포트사이드에서 내리면 사하라 사막으로 들어가 그곳에서 영화를 찍을 것이다. 이제 나는 유명해졌고 돈도 많이 벌었다. 세계에서 가장 유명한 영화감독 반열에 올랐다. 세르게이 에이젠슈타인(라트비아 태생의 구소련 영화감독. 몽타주 기법의 선구자이며, 이 기법을 사용한 '전함 포템킨The Battleship Potemkin'으로 영화사에

큰 발자취를 남김 - 역자 주)보다도 위대한 감독이 되었다. 〈베니티페어〉와 〈에스콰이어〉의 평론가들은 나를 천재라고 부른다. 나는 갑판을 서성거리며 마라톤 댄스 대회에 참가했던 나날들을 떠올렸다. 그 사람들은 다 어떻게 되었을까. 그때 무언가가 내 뒤통수를 세게 갈겼고 나는 그대로 정신을 잃고 쓰러졌다. 그리고 아래로 추락했다.

몸에 물이 닿자마자 바닷속 상어에게서 도망치려 팔다리를 허우적댔다. 무언가 몸을 스치고 지나가는 느낌에 소스라치게 놀라 비명을 내질렀다.

잠에서 깨어났을 때는 얼음장처럼 차가운 물 속이었다. 그제야 나는 현실로 돌아왔다. '악몽을 꿨어.'

내 몸을 스치고 지나갔던 것은 물에 둥둥 떠 있는 얼음 조각들이었다. 나는 탈의실 한가운데 있는 작은 욕조에 빠져 있었다. 그것도 조금 전 운동복 차림 그대로. 몸을 벌벌 떨며 욕조 밖으로 나오자 교관이 수건을 건넸다.

다른 교관 두 명이 곯아떨어진 다른 참가자를 들

어 욕조 앞으로 왔다. 그 참가자는 페드로 오르테가였다. 교관들은 그를 욕조 안에 풍덩 빠트렸다.

“나한테도 이랬어요?”

“그랬지. 오자마자 정신을 잃던데.”

페드로는 스페인어로 욕지거리를 내뱉으며 욕조 밖으로 빠져나오려 몸부림쳤다. 교관은 웃음을 터트렸다. “삭스가 이러려고 욕조를 가져온 거로군. 얼음물 맛을 보면 다들 퍼뜩 정신을 차리니까. 자네는 젖은 옷이나 얼른 갈아입지 그래.”

로스앤젤레스 카운티 보안관청에서

주립 교도소로 이송되며…

9

누적 시간 752

남은 커플 26

참가자들은 하나둘 나가떨어졌다. 2주 만에 50여 커플이 탈락했다. 글로리아와 나도 한두 번 탈락할 뻔했으나 가까스로 살아남았다. 우리는 경주에서 이기겠다는 마음을 접고 꼴찌만 면하자는 생각으로 버텼는데 이 방법은 정말 효과를 발휘했다.

그동안 우리에게도 후원사가 생겼다. 저칼로리 맥주 회사인 조너선 비어가 우리의 후원사가 되어주었다. 시기는 마침 적절했다. 둘 다 신발이 닳고 옷이 해어져 걱정하고 있던 참이었으니 말이다. 조너선 비어 측에 우리를 추천한 사람은 레이든 부인이었다.

부인, 이번엔 나를 천국에 들여보내 달라고

베드로(예수의 열두 사도 중 한 명인 베드로는

예수에게서 천국의 열쇠를 받아 천국 문을 지키는

인물을 상징함 - 역자 주)를 설득해줘요.

곧 죽게 생겼으니까.

우리는 조너선 비어로부터 신발 세 켤레, 회색 바지 세 벌, 뒷면에 조너선 비어 제품을 홍보하는 스웨터 세 벌을 각각 전달받았다.

대회에 참가한 후로 2킬로그램 넘게 살이 붙고 나자, 어쩌면 여기서 우승해 10,000달러를 받게 될지도 모르겠다는 기대가 슬며시 생겨났다. 하지만 글로리아는 회의적이었다.

"여기서 나가면 뭐 할 거예요?" 그녀가 물었다.

"그걸 왜 벌써 걱정해요? 아직 끝나지도 않았는데. 사실 예전보다 지금이 훨씬 낫잖아요. 적어도 끼니 걱정은 안 하니까."

"죽고 싶어요. 신이 내 목숨을 거둬가면 좋겠어

요."

그녀는 죽고 싶다는 말을 언제나 입에 달고 살았다. 나는 그 말이 조금씩 거슬리기 시작했다.

"언젠가는 그럴 거예요."

"제발 그랬으면 해요. 내 손으로 그렇게 할 용기가 있으면 좋을 텐데."

"여기서 우승하면 5,000달러를 들고 원하는 데로 떠나요. 결혼이라도 하던가. 결혼하고 싶어 하는 남자들은 차고 넘치니까. 결혼 생각 안 해봤어요?"

"생각이야 많이 해봤지요. 그렇지만, 원하는 남자하고는 절대 결혼 못 할 팔자예요. 해봤자 도둑이나 포주 같은 놈이나 걸리겠지."

"왜 자꾸 삐딱하게 생각하는지 알겠네요. 며칠만 참아요. 그러면 좀 나아질 거예요."

"그거랑은 전혀 상관없는데요. 생리통도 전혀 없고. 그날이어서가 아니라고요. 그냥 이 모든 게 도돌이표예요. 여기서 나가면 결국 처음 있던 자리로 되돌아가는 것뿐이라고요."

"여기서 잘 먹고 잘 자고 있잖아요."

"언젠가 일어날 일을 미루고 있는 것뿐인데 그게 다 무슨 소용이에요?"

"어이, 거기 조너선 비어 커플! 잠깐 여기로 와봐." 로키 그라보가 우리를 불렀다.

로키는 삭스 도널드와 함께 무대 근처에 서 있었다. 글로리아와 나는 그들이 있는 쪽으로 걸어갔다.

"1,000달러 벌고 싶은 생각 없어?" 로키가 대뜸 물었다.

"무슨 대가로요?" 글로리아가 대답했다.

"그러니까 말이지, 우리한테 굉장한 아이디어가 있어. 자네들이 좀 도와주면 좋겠는데." 옆에 있던 삭스 도널드가 말했다.

"벤 버니(재즈 바이올리니스트이자 라디오 쇼 진행자. 쇼맨십 넘치는 진행으로 유명했음 - 역자 주)가 여럿 망친다니까." 글로리아가 낮게 중얼거렸다.

"방금 뭐라고 했나?" 삭스가 말했다.

"아무것도 아니에요. 그래서 우리가 뭘 해야 하는데요?" 글로리아가 물었다.

"그러니까, 여기서 두 사람이 결혼하는 거야. 사람

들 앞에서 결혼식을 올리는 거지."

"결혼이요?" 내가 놀라 되물었다.

"잠깐, 더 들어봐. 이상하게 생각할 것 없어. 두 사람한테 각각 500달러씩 챙겨줄게. 대회가 끝나면 이혼해도 좋아. 평생 둘이 살라는 게 아니라고. 그냥 쇼맨십 차원에서 그러자는 거야. 어떻게 생각해?"

"정신 나갔다고 생각해요." 글로리아였다.

"도널드 씨, 글로리아 말은 그게 아니라…" 나는 급히 글로리아의 말을 끊었다.

"아니, 방금 한 말 그대로예요. 결혼식은 그렇다쳐요. 그래도 이왕 할 거면 게리 쿠퍼(서부영화 '버지니안The Virginian' 등으로 인기를 끌었던 할리우드의 대표 미남 배우 - 역자 주)나 유명한 제작자, 감독, 뭐 그런 사람이랑 하면 안 되나요? 이 사람하고는 결혼하고 싶지 않아요. 나 하나 돌보는 것도 벅찬데 무슨~"

"진짜 결혼하는 게 아니라니까. 그냥 쇼맨십이라고." 로키가 껴들었다.

"식은 여기에서 치를 거야. 사람들을 끌어모으려면 그런 게 필요해. 다만…" 삭스가 말했다.

"사람을 모으려고 결혼식까지 할 거 뭐 있어요? 이미 미어터지는데. 매일 죽어라 달리다 넘어지는 우리를 구경하는 것으론 부족한가요?"

"내 말뜻을 이해 못 하는군." 글로리아의 말에 삭스가 얼굴을 찌푸렸다.

"못 하기는 개뿔. 당신보단 내가 더 많이 알고 있어요."

"자네도 영화판에 들어가고 싶잖아. 이번이 기회라고. 결혼식을 올리면 웨딩드레스랑 구두를 줄 거야. 이미 가게들과도 얘기해놨어. 메이크업을 담당할 미용실도 구해놨고. 영화감독과 관계자들이 다들 당신만 쳐다본다고 생각해 봐. 다시 없을 기회야. 이봐, 자네는 어떻게 생각하나?" 삭스가 날 향해 물었다.

"글쎄요…" 나는 그의 눈치를 살피며 말끝을 흐렸다. 어쨌거나 그는 이 대회를 운영하는 사람이었다. 그에게 밉보였다가는 쫓겨나게 될지도 몰랐다.

"싫다네요." 글로리아가 대답했다.

"생각까지 대신해주나 보군~" 로키가 빈정거리는

투로 말했다.

"어쩔 수 없지." 삭스가 어깨를 으쓱했다. "1,000달러를 벌 생각이 없다니 다른 사람들 주머니만 두둑해지는 거지, 뭐." 그는 날 바라보며 한 마디 덧붙였다. "어쨌든 둘 중에 누가 사내고 누가 계집인지는 알겠어." 그와 로키가 동시에 웃음을 터트렸다.

"좀만 친절하게 굴면 어디 덧납니까? 이러다 길거리에 나앉게 생겼어요." 제자리로 돌아가면서 내가 글로리아에게 말했다.

"어차피 쫓겨날 바에야 지금 나가는 게 낫죠."

"당신만큼 비관적인 사람도 없을 거예요. 차라리 죽어버리지 뭐 하러 계속 사나…, 솔직히 그런 생각도 든다고요."

"내 말이 그거예요."

무대 근처에서 서성거리고 있는데, 삭스와 로키가 이번에는 71호 커플, 뷔 러벌과 메리 홀리를 붙들고 열심히 이야기하는 모습이 눈에 들어왔다.

"삭스가 이번에는 저 여자를 속여먹으려고 하네.

세상 물정 모르는 여잔데." 글로리아가 홀리를 보며 혼잣말했다.

제임스 베이츠와 루비 베이츠가 다가왔고, 우리 넷은 나란히 함께 걸었다. 글로리아가 낙태 이야기를 그만둔 후로 우리 넷은 다시 사이가 괜찮아졌다.

"삭스가 결혼식 얘기를 하던가요?" 루비가 물었다.

"네. 어떻게 알았어요?" 내가 대답했다.

"아무나 찔러보고 다니던데요."

"우리는 곧바로 거절했어요." 글로리아가 단호히 말했다.

"사실 못할 일도 아니에요. 우리도 한 번 했거든요."

"정말요?" 나는 적잖이 놀랐다. 제임스와 루비는 점잖고 차분한 사람들이었다. 그리고 서로를 끔찍이도 아꼈다. 두 사람이 구경거리가 될 결혼식을 올렸다고는 상상이 가지 않았다.

"오클라호마 대회에서 식을 올렸었어요. 그때 받은 걸 합치면 얼추 3,000달러쯤 되려나…"

"장인어른이 결혼 선물로 엽총을 주었지." 제임스가 이렇게 말하며 껄껄 웃었다.

별안간 뒤쪽에서 여자의 비명이 들렸다. 뒤돌아보니 페드로 오르테가의 파트너, 릴리언 베이컨이었다.

릴리언은 페드로를 피해 천천히 뒷걸음질 치고 있었다. 페드로는 그녀를 와락 붙잡더니 주먹으로 그녀의 얼굴을 내리쳤다. 그녀가 바닥에 주저앉아 또 한 번 외마디 비명을 질렀다. 페드로는 두 손으로 그녀의 목을 조르면서 억지로 몸을 일으켜 세우려 들었다. 그의 얼굴에 광기가 흘렀다. 이대로 두었다가는 그녀를 죽일 게 틀림없었다.

사람들이 동시에 페드로에게 달려들어 잠시 소란이 벌어졌다.

제임스와 내가 가장 먼저 페드로를 붙들어 릴리언의 목에서 그의 손을 떼어냈다. 릴리언은 그대로 몸이 굳어 움직이지 못했다. 두 팔로 몸 뒤쪽의 바닥을 짚은 채 고개를 젖히고 입을 벌리고 있는 모습이 치과 진료용 의자에 앉은 사람 같았다.

페드로는 혼자 뭔가를 중얼거리며 흥분해 주변 사

람들을 알아보지도 못했다. 제임스가 그를 밀치자 그는 주춤주춤 뒤로 물러났다. 나는 릴리언을 부축해 일으켜 세웠다. 그녀는 사시나무처럼 떨고 있었다.

삭스와 로키가 달려와 페드로 팔을 한쪽씩 붙들었다.

"대체 이게 뭔 짓이야!" 삭스가 소리쳤다.

페드로는 삭스를 바라보며 입을 달싹이기만 할 뿐 아무 말도 하지 않았다. 그러다 옆에 있는 로키와 눈이 마주치자 적개심을 억누르지 못해 순식간에 표정을 일그러뜨렸다. 그는 팔을 비틀어 삭스와 로키에게서 벗어난 다음 뒷걸음질 치며 손을 주머니로 가져갔다.

"조심해요!" 누군가 다급히 외쳤다.

페드로가 주머니에서 칼을 꺼내며 앞으로 돌진했다. 로키는 피할 새도 없이 습격을 당했다. 페드로가 휘두른 칼끝은 로키의 왼쪽 어깨에서 5센티미터쯤 아래에 있는 팔을 찔렀다. 로키는 고통스러운 비명을 내지르며 도망쳤다. 페드로는 그를 뒤쫓으려 몸을 돌렸으나 바로 그 순간, 뒤에 있던 삭스가 가죽 곤봉으로 그의 뒤통수를 세게 갈겼다. 퍽 하는 소리가 라디오 음악 소리를 뚫고 터져 나왔다. 손가락으로 수박을 내려칠 때 나올 법한 소리였다. 페드로의 얼굴에 바보 같은 웃음이 번졌다. 삭스는 또 한 번 곤봉으로 그를 후려쳤다.

팔에 힘이 풀린 페드로는 들고 있던 칼을 떨궜고, 휘청거리더니 바닥에 철퍼덕 쓰러졌다.

"데리고 나가." 삭스가 칼을 주우며 지시했다.

제임스 베이츠, 맥 애스턴, 뷔 러벌이 페드로를 들어 탈의실로 옮겼다.

"여러분! 자리를 지켜주십시오. 부탁드립니다." 삭스가 관람석을 향해 말했다.

나는 릴리언이 쓰러지지 않게 뒤에서 그녀를 붙들었다. 그녀는 여전히 떨고 있었다.

"무슨 일이 있었던 거야?" 삭스가 그녀에게 물었다.

"절 보고 바람을 피웠다면서…, 그러더니 때리고 목을 졸랐어요."

"자, 다들 제자리로! 아무 일 없었던 것처럼 행동해. 어이! 거기 간호사. 와서 이 여자를 탈의실로 데려가." 삭스가 무대에 있는 롤로에게 신호를 보내자 쉬는 시간을 알리는 사이렌이 울렸다. 평소보다 몇 분 이른 시간이었다. 간호사들이 내게 몸을 기대고 있던 릴리언을 데려갔다. 다른 여자 참가자들이 릴리언을 에워싼 채 함께 탈의실로 향했다.

탈의실로 돌아가는데 손님들에게 간단한 공지사항을 알리는 롤로의 목소리가 스피커를 타고 흘러나왔다.

로키는 외투와 셔츠를 벗고 세면대 앞에서 종이수건으로 상처 부위를 지혈하고 있었다. 피가 팔을 타고 내려와 손가락 끝에서 뚝뚝 떨어졌다.

"자네 치료를 받아야겠군. 의사는 어디서 뭐 하고 있는 거야!" 삭스가 고함을 쳤다.

"여기 있습니다." 의사가 변소에서 황급히 뛰쳐나왔다.

"하필 이럴 때 화장실에 처박혀서는…, 얼른 로키를 진찰해보게."

페드로는 바닥에 누워 있었고, 맥 애스턴이 물에 빠진 사람을 구해낸 안전요원처럼 그의 배 위에 올라타 있었다.

"비켜봐요." 뷔 러벌이 물 양동이를 들고 나타났다. 맥이 비켜서자 뷔가 페드로의 얼굴에 물을 냅다 내리부었다. 페드로는 꿈쩍도 하지 않았다. 나무토막처럼 누워만 있었다.

이번에는 제임스 베이츠가 물 양동이를 들고 와 페드로에게 끼얹었다. 그러자 드디어 페드로가 움찔거리다 눈을 떴다.

"정신이 드나 보네." 뷔 러벌이 말했다.

*

"당장 차를 타고 병원으로 가야겠습니다." 의사가 가운을 벗으며 말했다. "자상이 깊어요. 하마터면 뼈까지 건드릴 뻔했네요. 바로 봉합수술을 받아야 해요. 누구 짓입니까?"

"저 새끼 짓이야." 삭스가 다리로 페드로를 가리켰

다.

"면도칼 같은 걸 썼을 거예요."

"이걸세." 삭스가 한 손에 들고 있던 칼을 의사에게 내밀었다. 다른 손으로는 가죽 곤봉을 쥐고 있었다. 곤봉 줄은 여전히 그의 손목에 둘려 있었다.

"그러네요." 의사가 삭스에게 칼을 돌려주며 대답했다.

페드로가 일어나 멍한 표정으로 턱을 문질렀다.

'턱이 아니라 뒤통수를 얻어맞았는데.' 나는 속으로 생각했다.

"젠장, 얼른 좀 가자고. 멱딴 돼지처럼 피를 흘리고 있잖아. 그리고, 너! 이 새끼, 고소할 테니까 기다리고 있어!" 로키가 페드로를 노려보며 으름장을 놓았다.

페드로는 말없이 로키를 매섭게 노려보았다.

"고소는 집어치워. 대회 치르는 것만으로도 골치 아파 죽겠으니까. 그러니까 다음에는 상대를 봐가며 놀아나라고." 삭스가 말했다.

"누구와도 놀아난 적 없어요." 로키가 대꾸했다.

삭스가 욕을 읊조린 후 의사에게 지시했다. "뒷길로 데리고 나가게."

"갑시다, 로키." 의사의 말에 로키가 나갈 채비를 했다. 팔에 붙여 놓은 거즈 붕대는 이미 피에 흠뻑 젖어 있었다. 의사가 로키 어깨에 외투를 둘러주었고 그대로 두 사람은 탈의실을 나섰다.

삭스는 그제야 페드로를 바라보며 물었다. "대회를 망치려고 작정했어? 대회가 끝날 때까지 기다려도 됐잖아?"

"목을 찌르고 싶었습니다. 저 사람이 제 약혼녀를 유혹했어요." 정확한 영어를 구사하는 페드로의 표정은 차분했다.

"마술사가 아니고서야 여기서 자네 약혼녀를 어떻게 유혹했단 말인가. 숨어서 놀아날 곳도 없는데."

'좋은 장소가 있긴 하지.' 나는 속으로 생각했다.

심판 롤로 피터스가 탈의실로 들어오며 말했다.

"다들 눈 좀 붙여야 할 텐데. 로키는 어디 갔습니까?"

"의사가 병원에 데리고 갔네. 밖은 좀 어때?" 삭스

가 물었다.

“별일 없어요. 새로 선보일 연극을 연습한 거라고 대충 둘러댔습니다. 로키는 심각한 상황입니까?”

“그건 아냐. 이 새끼 때문에 팔이 절단날 뻔했지만, 그게 다야.” 그가 롤로에게 페드로가 휘두른 칼을 건넸다. “갖다 버리게나. 그리고 로키가 돌아오기 전까지는 자네가 사회를 봐야겠어.”

페드로가 대뜸 바닥에 무릎을 꿇었다. “죄송합니다. 화가 나서 그만…”

“이 정도인 게 다행이지. 손님이 꽉 찬 밤이었으면 정말 곤란했을 거야. 머리는 좀 어떤가?”

“조금 아픕니다. 정말 죄송합니다. 우승해서 10,000달러를 꼭 타고 싶었는데…”

“계속해보면 되지 않겠나?”

“저를 내쫓지 않으시겠다는 건가요? 용서해주시겠다고요?”

“그래.” 삭스가 주머니에 곤봉을 쑤셔 넣으며 대답했다.

교도소장의 관할 하에…

10

누적 시간 783

남은 커플 26

“여러분, 경주 시작 전에 드릴 말씀이 있습니다. 일주일 후에 바로 이곳에서 결혼식이 열립니다. 71호 커플, 뷔 러벌 군과 메리 홀리 양이 결혼식을 올리고 진정한 부부가 되겠답니다. 자, 거기 러벌 군과 홀 양은 나와서 손님들에게 귀여운 얼굴을 보여줘요.”

운동복 차림의 뷔와 메리가 플로어 정중앙에서 박수를 보내는 손님들에게 꾸벅 인사했다. 오늘도 관람석은 만원이었다.

“물론, 그때까지 이 커플이 탈락하지 않아야 하

겠죠. 그러길 바랍니다. 이번 결혼식은 여러분에게 최고의 즐거움을 선사하려는 주최측의 방침에 따라…"

뒤에서 레이든 부인이 내 티셔츠를 잡아당겼다.

"로키 팔은 왜 저런대요?" 그녀가 속삭였다. 사회자 로키는 누가 보더라도 사고를 당한 사람 같았다. 평소처럼 외투 소매에 들어가 있는 오른팔과 달리 왼팔은 팔걸이 붕대를 하고 있어 외투를 망토처럼 걸치고만 있었다.

"팔을 삐었대요." 내가 대답했다.

"아홉 바늘이나 꿰맸죠." 글로리아가 낮게 소곤거렸다.

"그래서 어젯밤에 안 보였던 거군요. 사고를 당해서."

"네."

"넘어졌대요?"

"아마도요."

*

"아리따운 영화배우 메리 브라이언(할리우드 영화계에서 '가장 사랑스러운 여자'로 불리며 인기를 끌었던 영화배우 - 역자 주) 양을 소개합니다. 브라이언 양, 일어나주시겠어요?"

브라이언이 일어나 고개를 끄덕여 인사했다. 갈채가 쏟아졌다.

"코미디언으로 활약 중이신 찰리 체이스(유명 코미디언이자 극작가 겸 영화감독. - 역자 주) 씨도 와주셨군요~"

특별관람석에서 찰리 체이스가 일어나 인사하자 이번에는 더 큰 갈채가 쏟아졌다.

"이런 거 정말 싫어요." 글로리아가 말했다.

"행운을 빌어요." 무대 쪽으로 걸어가는 우리를 향해 레이든 부인이 인사를 건넸다.

"지긋지긋해요. 매일 똑같은 짓을 하면서 유명인들이나 보고 있는 게 아주 지긋지긋해 죽겠어요." 글로리아가 걸어가며 말했다.

"가끔은 당신을 알게 된 걸 후회해요. 이런 말까

지 하고 싶진 않았지만, 사실이에요. 당신을 만나기 전까지는 비관적인 사람 옆에 있는 게 이렇게나 힘 빠지는 일인 줄 몰랐네요." 내가 대답했다.

우리는 다른 참가자들과 함께 출발선에 섰다.

"사는 건 지긋지긋한데 죽기는 무섭고…"

"그거 노래 가사로 딱이구먼." 옆에 있다 글로리아의 말을 들은 제임스 베이츠가 말했다. "저기 아래 선착장에서 일하는 흑인 노인네에 대한 노래라도 써 보지 그래. 사는 건 지긋지긋한데 죽기는 무서운 남자. 목화농장에서 일하다가 미시시피강을 바라보며 노래하는 남자여도 괜찮겠군. 아, 좋은 제목이 떠올랐어. '강가의 노인', 어때?"

글로리아가 그를 노려보며 콧방귀를 뀌었다.

"안녕하세요." 로키가 무대로 올라온 레이든 부인에게 인사를 건넸다. "여러분, 우리 대회의 제일가는 팬을 한 분 소개해드리겠습니다. 이분으로 말할 것 같으면, 지금껏 하루도 빠지지 않고 이곳을 찾아주셨지요. 그래서 특별히 이분에게 시즌권을 선물하기로 했습니다. 앞으로도 계속 찾아주시길! 여러분,

레이든 부인에게 큰 박수 부탁드립니다. 부인, 앞으로 나와 인사해주세요."

레이든 부인은 몹시 당황한 기색으로 어떤 말이나 행동을 해야 할지 몰라 잠시 머뭇거렸다. 사람들이 계속 박수를 보내자 그제야 몇 발자국 앞으로 나와 뻣뻣하게 고개를 끄덕였다. 그녀 인생을 통틀어 가장 놀라운 일이 벌어진 날인 게 분명했다.

"자주 오신 분들은 아실 테지만, 부인은 매일 밤 경주 심판으로 저희를 돕는답니다. 부인이 아니었으면 경주를 치르기가 정말 힘들었을 거예요. 대회가 마음에 드시나요, 부인?" 로키가 허리를 숙여 부인에게 마이크를 가까이 가져갔다.

"바짝 긴장한 것 좀 봐. 지금 저 여잔 머리가 백지장일 거다, 멍청한 여편네." 글로리아가 중얼거렸다.

"네. 마음에 들어요." 긴장한 레이든 부인은 기어들어 가는 목소리로 겨우 대답했다.

"가장 응원하는 커플이 있나요, 부인?"

"22호 커플, 로버트 시버튼과 글로리아 비티요."

"부인께서 가장 응원하는 커플은 조너선 비어의

후원을 받는 22호라는군요! 부인, 저 커플이 우승하셨으면 하는 거죠?"

"네. 그리고 제가 조금만 젊었더라면 직접 대회에 참가했을 거예요."

"알겠습니다. 아무쪼록 대단히 감사합니다. 자, 그럼 이제 시즌권 수여식이 있겠습니다. 주최사가 부인에게 드리는 선물이지요. 앞으로는 언제든지 공짜로 보러 오실 수 있어요."

레이든 부인이 시즌권을 건네받았다. 고맙고 감동한 나머지 그녀는 반쯤 울먹거리는 표정으로 웃으며 연신 고개를 끄덕였다.

"아주 난리가 났네." 글로리아였다.

"조용히 좀 해요."

"좋습니다. 심판들 모두 준비되었나요?" 로키가 똑바로 서며 말했다.

"이상 없습니다." 롤로가 레이든 부인을 부축해 심판석으로 데려가며 대답했다.

"여러분, 많이들 알고 계시겠지만, 오늘 처음 오신 분들을 위해 다시 한번 경주 규칙을 말씀드리겠습니다. 참가자들은 15분 동안 경주를 하게 됩니다. 남자들은 뒤꿈치로 먼저 착지한 후에 앞꿈치가 바닥에 닿아야 합니다. 여자들은 뜀박질이나 경보 중에 원하는 걸 선택합니다. 플로어 중앙에 철제 간이침대들이 보이시지요? 이유를 불문하고 누구라도 저곳으로 가게 되면 파트너가 한 바퀴를 더 달려야 합니다. 아시겠습니까?"

"어서 시작이나 해!" 관람석에서 누군가 소리쳤다.

"간호사들과 교관들도 준비되었나요? 의사도 대기하고 있지요? 그럼~" 로키가 화약총을 롤로에게 건넨 후 다시 마이크 앞에 섰다. "델마 양(비냐 델마. 베스트셀러 〈나쁜 여자Bad Girl〉로 잘 알려진 작가. 이 소설을 원작으로 한 영화가 아카데미 감독상과 각색상을 받음 - 역자주)이 총을 쏴주시겠어요? 여러분, 할리우드 작가이자 소설가로 유명하신 델마 양이 방문해주셨습니다~"

롤로가 델마에게 총을 전달했다.

"여러분, 놀랄 준비되셨습니까? 악단은 음악을 준비하시고. 자, 그럼 델마 양~"

총소리와 동시에 경주가 시작되었다.

글로리아와 나는 다른 참가자들이 경주마처럼 속도를 높여 우리를 추월하도록 내버려 두었다. 굳이 힘들게 앞자리를 차지하려 하지 않았다. 꾸준히 속도를 유지하는 것이 우리의 계획이었다. 게다가 오늘 경주에는 특별 상금이 걸려 있지도 않았다. 물론 그런 게 있다 하더라도 계획이 달라지지는 않았을 것이다.

사람들이 잔뜩 기대에 부풀어 손뼉을 치고 발을 굴렀다. 그러나 오늘은 날이 아니었다. 이날 간이침대로 실려 간 참가자는 두 바퀴 만에 쓰러진 루비 베이츠뿐이었다. 그녀를 제외하고는 아무도 바닥에 쓰러지지 않았고 무사히 경주를 마쳤다. 처음 있는 일이었다.

그런데 나를 겁먹게 한 일은 따로 있었다. 글로리아가 내 벨트 손잡이에 의존하는 시간이 다른 날보다 훨씬 길었고 그 강도도 세졌기 때문이다. 마지막 5분 동안 글로리아는 전혀 힘을 쓰지 못했다. 말 그대로 내가 그녀를 질질 끌고 다녀야 했다. 하마터면 정말 탈락할 뻔했다는 느낌이 들었다.

그리고 정말 그랬다.
레이든 부인이 우리의 바퀴 수를 기록한 남자와
이야기한 후에 귀띔해주었는데,
탈락자들과 우리 기록은 두 바퀴밖에
차이가 나지 않았다.
아찔했다.
이날 이후로는 계획일랑 집어치우고
닥치는 대로 내달려야겠다고 마음먹었다.

이날 꼴찌는 16호 커플, 배질 제라드와 제네바 톰블린이었다. 이들은 자동으로 대회에서 탈락했다. 제네바는 탈락하게 된 것을 은근히 반기는 눈치였다. 드디어 그녀는 대회 첫 주에 만난 낚싯배 선장과 결혼할 수 있게 된 것이다.

*

플로어에서 끼니를 때우고 있는데 제네바가 나왔다. 그녀는 평상복 차림에 작은 여행 가방을 들고 있었다.

로키가 마이크 앞에 섰다. “여러분, 오늘 밤 탈락하게 된 참가자가 나왔군요. 참 예쁘장하지요? 격려의 박수 부탁드립니다~”

제네바는 손님들을 향해 좌우로 인사한 후 무대에 올랐다.

“바로 이게 스포츠 정신 아니겠습니까. 경주에서 졌지만 이렇게 활짝 웃고 있는 걸 보십시오. 그리고 여러분, 깜짝 놀랄 비밀을 하나 알려드리지요.” 그가 마이크에 입을 바짝 갖다 대더니 장난스레 속삭였다. “제네바 양이 사랑에 빠졌답니다. 곧 결혼한다지요. 그렇습니다, 여러분! 마라톤 댄스 대회장이야말로 로맨스가 싹트는 곳이지요. 제네바 양도 바로 이 홀에서 만난 남자와 눈이 맞아 새신부가 되었습니다. 제네바 양, 약혼자가 지금 이곳에 와 있다고요?”

제네바가 배시시 미소 지으며 고개를 끄덕였다.

"행운의 남자가 어디에 있으려나? 어디 앉아 있어요? 일어나 봐요, 선장님. 어서 인사를!"

관람석에 앉은 사람들이 고개를 쑥 내밀어 주변을 둘러보았다.

"저기 있군요!" 로키가 홀 끄트머리를 가리키며 소리쳤다. 한 남자가 특별관람석에서 내려와 뱃사람 특유의 걸음걸이로 제네바가 있는 무대로 걸어갔다.

"자, 선장님. 한 말씀 해봐요." 로키가 남자를 향해 마이크를 기울였다.

"저는 제네바를 보고 첫눈에 반했습니다. 그리고 만난 지 이틀 만에 제네바에게 대회를 그만두고 나와 결혼해달라고 청혼했어요. 하지만 거절하더군요. 파트너를 실망시킬 수 없다면서요. 그래서 저는 계속 기다렸습니다. 제네바가 탈락하게 되어 솔직히 기쁘군요. 얼른 신혼여행을 가고 싶습니다."

선장의 말에 사람들은 박장대소했다. 로키는 마이크를 다시 자기 쪽으로 가져와 말했다. "여러분, 새 신부를 축복하는 마음을 담아 동전을 던져주십시오!"

그때 선장이 마이크를 홱 낚아채더니 말했다. "돈 같은 건 받지 않겠습니다. 제 아내를 먹여 살릴 능력은 되거든요."

"뽀빠이 납셨네." 글로리아가 구시렁댔다.

플로어에는 동전 하나 떨어지지 않았다.

"아주 점잖은 사내군요. 참고로 이 친구는 퍼시픽 퀸호의 선장입니다. 돛대가 네 개나 달린 낚싯배랍니다. 지금은 여기서 5킬로미터 떨어진 곳에 나가 있다네요. 낮에는 한 시간마다 운영되는 수상 택시가 있으니 망망대해에서 선장과 낚시를 즐기고 싶으신 분들은…"

"어서 키스나 하라고!" 관람석에서 누군가 소리쳤다.

선장이 제네바에게 입을 맞췄다. 그리고 호들갑을 떠는 사람들의 환호성을 만끽하며 제네바와 함께 플로어를 빠져나갔다.

"자, 이렇게 마라톤 댄스 대회가 맺어준 두 번째 부부가 탄생했습니다. 다음 주에는 71호 커플, 뷔러벌 군과 메리 홀리 양이 바로 이곳에서 여러분이 지켜보는 가운데 성대한 결혼식을 올립니다. 꼭 기억해주십시오. 자, 그럼~" 로키가 말을 맺고 악단에게 연주하라는 신호를 보냈다.

*

제네바의 파트너였던 배질 제라드는 탈의실에서 평상복으로 갈아입고 나와 대회에서의 마지막 식사를 하러 테이블로 다가왔다.

로키가 무대에 걸터앉아 다리를 흔들어댔다.

"내 커피 조심해요!" 글로리아가 말했다.

"알았어, 알았다고. 음식은 좀 어떤가?" 로키가 글로리아의 커피잔을 살짝 옆으로 치우며 물었다.

"괜찮아요." 내가 대답했다.

중년 여성 두 명이 우리 쪽으로 다가왔다. 특별관람석에서 몇 번 보았던 여자들이었다.

"지배인 되시나요?" 그들 중 한 명이 로키에게 물었다.

"정확히 말하자면 부지배인이요. 무슨 일입니까?"

"히그비 부인이라고 해요. 이쪽은 위처 부인이고요. 잠시 조용한 곳에서 이야기 나눌 수 있을까요?"

"여기는 비밀 같은 건 없어요. 뭐 때문에 그러십니까?"

"저희는…"

"어떻게 오셨습니까?" 삭스 도널드가 뒤쪽에서 다가오며 물었다.

"이분이 지배인이십니다." 로키는 다소 안도한 표정이었다.

두 여성이 동시에 삭스를 바라보았다. "저희는 도덕 지킴이 어머니 연맹에서 나왔어요. 제가 회장, 이분이 부회장이에요."

"이런." 글로리아가 중얼거렸다.

"그러시군요?"

"성명서를 전달하러 왔어요." 히그비 부인이 반으로 접힌 종이를 삭스에게 내밀었다.

"이게 뭔가요?"

"단도직입적으로 말할게요. 우리 연맹은 이 대회에 반대…"

“자, 사무실로 가서 얘기합시다.” 삭스가 말했다.

히그비 부인이 돌아보자 위처 부인이 고개를 끄덕였다. “그러죠.” 히그비 부인이 대답했다.

“자네들도 같이 가지. 로키, 자네도 따라오고. 거기 간호사, 이 컵과 접시 좀 치워주게.” 삭스는 부인들을 바라보며 상냥하게 미소 지었다. “보시다시피 저희는 참가자들에게 잔일은 전혀 시키지 않는답니다. 자, 이쪽으로 가실까요?”

삭스는 무대 뒤쪽으로 부인들을 안내했다. 그의 사무실은 건물 한구석에 있었다. 걸어가는데 갑자기 글로리아가 발을 헛디딘 척 팔을 허우적대며 히그비 부인의 모자를 툭 건드렸다.

“어머, 죄송해라. 죄송해요.” 글로리아가 애꿎은 바닥을 살피며 마음에도 없는 사과를 했다.

히그비 부인은 글로리아를 흘겨보며 말없이 모자를 고쳐 썼다. 글로리아는 히그비 부인 등 뒤에서 내 옆구리를 찌르며 짓궂게 눈을 찡긋했다.

“명심해. 자네들이 증인이야.” 사무실로 들어가기 전, 삭스가 작게 귓속말했다. 원래는 휴게실이었던 사무실은 비좁았다. 벽에 발가벗은 여자 사진 두 점이 새로이 걸렸다는 점을 제외하면 대회에 등록하려고 처음 이 방에 들렀을 때와 달라진 것은 거의 없었다. 히그비 부인과 위처 부인은 그 사진들을 보자마자 서로 의미심장한 눈빛을 주고받았다.

"앉으세요. 무슨 일로 오셨다고요?" 삭스가 물었다.

"우리 연맹은 이 대회에 반대해요. 천박하고, 모욕적이고, 지역사회에 악영향을 미치니까요. 그래서 중단하기를…"

"중단이요?"

"당장 중단하세요. 안 그러면 시의회에 고발하겠어요. 정말 천박하고 모욕적인…"

"뭔가 오해하고 있군요. 이 대회는 전혀 모욕적이지 않습니다. 참가자들이 얼마나 좋아하는데요. 대회에 참가한 후로 다들 살이 오르고 있단 말입니다."

"곧 아이를 낳을 여자도 참가하고 있잖아요. 루비 베이츠요. 만삭인 여자를 온종일 걷고 달리게 하는 건 범죄예요. 그 여자가 사람들 앞에서 팔다리를 훤히 내놓고 있는 것도 충격적이고요. 적어도 외투는 걸치게 해줬어야죠." 히그비 부인이 말했다.

"그 문제는 미처 생각하지 못했군요. 루비도 별말이 없었고. 그 여자 배가 튄다고는 생각해보질 않았는데. 어쨌든, 무슨 말인지 이해했습니다. 그 여자를 여기서 내보내란 말씀이시군요?"

"당연히 그래야죠." 히그비 부인이 대답했다. 위처 부인도 고개를 끄덕였다.

"좋습니다. 말씀하신 대로 처리하겠습니다. 안 될 것 없지요. 루비가 애를 낳으면 입원 비용도 저희 쪽에서 부담하겠습니다. 여하튼 이렇게 와주셔서 감사합니다. 그 문제는 곧바로 해결될 겁니다."

"그게 다가 아니에요. 다음 주에 결혼식이 열린다면서요? 한심한 구경꾼들을 더 끌어모으려고 쇼를 벌이는 건가요?"

"나는 일평생 사기를 쳐본 적이 없는 사람입니다. 그 결혼식은 진짜예요. 그런 일로 손님들을 속일 리가요. 나와 일해본 사람 아무나 붙잡고 한번 물어보십시오, 내가 어떤 사람인지."

"그쪽 평판이야 익히 들어 알고 있어요. 아무리 그래도, 신성을 모독하는 그런 행사를 조직하다니요." 히그비 부인이 말했다.

"결혼식을 올리기로 한 커플은 서로를 끔찍이도 사랑한답니다."

"그렇게 꼴사나운 행사를 용납할 수 없어요. 당장 중단하시라고요!"히그비 부인이 언성을 높였다.

"참가자들은 어떡하고요? 다들 길거리에 나앉으란 건가?" 글로리아가 끼어들었다.

"이런 짓을 정당화하려고 하지 말아요, 아가씨."

히그비 부인이 글로리아를 나무랐다.

"이 대회는 아주 부도덕해요. 그래서 질 나쁜 부류만 모여들죠. 참가자 중에 탈옥한 살인자도 있더군요. 시카고 출신의 이탈리아, 남자였나?"

"아이고, 부인. 그게 저희 탓은 아니지 않습니까."

삭스가 말했다.

"아뇨. 책임을 져야죠. 우리는 타락한 문화로부터 지역사회를 지킬 의무를 다하려고 여기 온 거예요."

"잠시 자리를 비워도 될까요? 저희끼리 상의할 게 좀 있어서." 삭스가 부인들에게 물었다.

"그러시든가요." 히그비 부인이 대답했다.

삭스가 로키에게 나오라는 눈짓을 했고 그렇게 두 사람은 사무실을 빠져나갔다.

"혹시 자녀가 있으세요?" 문이 닫히고 글로리아가 부인들에게 물었다.

"둘 다 장성한 딸을 둔 엄마예요." 히그비 부인이 말했다.

"오늘 밤에 딸들이 어디서 뭘 할지 알고는 계세요?"

둘 다 아무 말이 없었다.

"제가 간단히 알려드리죠. 여기 고상한 두 분이 알지도 못하는 사람들에게 의무를 다하겠답시고 이러고 있는 동안, 따님들은 술에 취해서 웬 남자 집에 들어가 옷을 벗고 있을 거예요."

글로리아의 말에 히그비 부인과 위처 부인은 경악한 표정을 지었다.

“잘나신 개혁가들의 딸들이 대부분 그래요. 이제 곧 있으면 남자랑 그 짓을 할 텐데 피임법도 제대로 모를걸요. 제 엄마들이 순결이니 품위니 그런 것들만 떠들어대니 집구석에 붙어 있고 싶을 리가 없지. 당신들이 여기저기 참견하고 다니느라 정작 딸내미들은 성교육도 제대로 못 받았다고요.”

“어머…” 히그비 부인이 얼굴을 붉혔다.

“나, 난…” 위처 부인도 당황해 말을 더듬었다.

“글로리아!” 내가 슬쩍 제지했다.

“이제는 당신 같은 여자들한테도 쓴소리해줄 사람이 필요해요. 그게 바로 나고요.” 글로리아는 부인들을 못 나가게 막으려는 듯 문에 등을 대고 섰다.

“당신 같은 여자들이 화장실에서 몰래 야한 잡지를 읽고 뒤에서 추잡한 이야기를 숙덕대는 거 다 알고 있어요. 그러면서 밖에서는 다른 사람들이 재미보지 못하게 훼방을 놓고 다니잖아요.”

“아가씨, 당장 문가에서 비켜요! 여기 더는 못 있겠어!” 히그비 부인이 격양되어 소리를 내질렀다. “더는 못 들어주겠네. 내가 얼마나 점잖은 사람인데. 주일학교 교사라고, 내가!"

"할 말 끝날 때까지 안 움직일 건데요."

"글로리아…" 글로리아는 내 말을 들은 척도 하지 않았다.

"도덕 지킴이 어머니 연맹이랬나요? 남자랑 안 잔 지 20년은 된 사람들만 모여 있나 보죠? 오지랖만 넓어서는…. 나가서 돈 주고 한 번씩 하지 그래요? 그게 문제인 것 같은데."

히그비 부인이 글로리아를 한 대 칠 것처럼 팔을 번쩍 들어 올렸다.

"때려봐. 때려보라고! 건드렸다가는 확 쳐버릴 테니까!" 글로리아는 눈을 부릅뜨며 대들었다.

그 순간 바깥에서부터 열린 문이 글로리아를 밀어냈다. 삭스와 로키가 들어왔다.

"이…, 이…" 히그비 부인이 손을 부들부들 떨었다.

"더듬지 말고 똑바로 말해봐요. 말할 줄 알잖아요. 호어(Whore. 매춘부를 낮잡아 부르는 비속어 - 역자 주). 호오~, 어어~"

“입 다물어!” 삭스가 글로리아에게 호통을 친 후 히그비 부인을 돌아보며 말했다. “부인, 부인의 요구 사항을 받아들이겠습니다.”

“당장 이곳 문을 닫으세요! 안 그러면 내일 아침에 바로 시의회에 가겠어요.” 히그비 부인이 말했다.

그녀가 위처 부인과 함께 떠날 채비를 했다.

“그리고 아가씨, 아가씨는 감화원에 가보는 게 좋겠어.” 히그비 부인이 글로리아에게 말했다.

“안 그래도 가봤어요. 거기 소장이 딱 당신 같은 여자였어요. 알고 보니 레즈비언이던데…”

히그비 부인이 또 한 번 경악한 표정을 지으며 방을 나섰고, 위처 부인이 그녀를 뒤따랐다.

글로리아가 문을 쾅 닫은 후 의자에 앉아 훌쩍이기 시작했다. 두 손으로 얼굴을 가린 채 어떻게든 울음을 참아보려 했으나 소용없었다. 그녀는 천천히 몸을 앞으로 숙여 동그랗게 말더니 계속 훌쩍였다. 격해진 감정을 주체하지 못해 상체가 심하게 떨렸다. 한동안 방에 들리는 소리라고는 그녀의 훌쩍이는 소리와 반쯤 열린 창문 밖에서 철썩이는 파도 소리뿐이었다.

삭스가 그녀에게 다가와 가만히 머리를 쓰다듬었다. "그만 울게. 이제 됐어."

"여기서 있었던 일은 비밀이야. 아무에게도 말하면 안 돼." 로키가 내게 말했다.

"네. 그럼 이제 문을 닫아야 하나요?" 내가 삭스에게 물었다.

"그럴 일은 없어. 누구에게든 뒷돈을 챙겨주면 해결될 거야. 날이 밝으면 변호사와 이야기해봐야지. 그건 그렇고, 로키, 루비에게 말 좀 해주게. 여기서 그만 나가라고 말이야. 여자 손님들이 하도 난리를 피워서 어쩔 수 없다고." 그가 문가를 흘끔 바라보았다. "예전에 하던 사업이나 계속할 걸 그랬어. 망할 여편네들 같으니…"

사형에 처해진다.

11

누적 시간 855

남은 커플 21

잡음 끊이지 않는 마라톤 댄스 대회

–

시의회에 대회 중단 요구한 어머니 연맹,

대회 강행 시 시위도 불사하겠다 경고

–

사흘째 논란 이어져…

–

도덕 지킴이 어머니 연맹이

마라톤 댄스 대회와의 전쟁을 이어가고 있다.

연맹 측은 시의회에 대회 중단을 요구하며

이에 불응할 시 문제를 공론화해
시민들에게 알리겠다고 경고했다.
해변 휴양지에서 열리는 마라톤 댄스 대회는
36일째 이어지고 있다.

연맹 회장인 프랭클린 히그비와 부회장인
윌리엄 위처는 이날 오후 시의회 청사 앞을 찾아
대회 중단을 촉구했다.
시의회 측은 현재 시의회 법무관이 법적 조치
가능성을 상세히 검토하고 있다고 밝혔다.
시의회 의장 톰 힌스델은
"법률 검토 전에는 어떠한 조치도 내릴 수 없다."
라며
"현재로서는 이 사안에 적용할 법령을 찾지
못했으나 시의회 법무관이 계속해서 검토 중"
이라고 말했다.

이에 히그비 부인은
"전염병이 도시를 위협할 때도

꾸물거리고 있을 것인가?"라며 항의했다.

다음은 히그비 부인의 발언이다.

"사안에 맞는 법령이 없으면

긴급 법안이라도 통과시켜야 한다.

마라톤 댄스 대회는 전염병과도 같다.

천박하고 모욕적일 뿐 아니라,

홀 안에 깡패와 건달,

끔찍한 범죄자 무리가 모이는 바까지 있다.

우리 아이들에게 단연 해로운 환경이

조성된 것으로…"

나는 마저 읽지 않고 레이든 부인에게 신문을 돌려주었다. "도널드 씨가 변호사에게 듣기로는 시의회가 아무 제재도 하지 않을 거래요."

"그런다고 뭐가 달라지려나. 그 여자들이 어떻게든 대회를 막으려고 들 텐데. 법적으로 할 수 없으면 다른 방법을 통해서라도 방해하겠지." 레이든 부인이 말했다.

"이 대회가 해롭다고는 생각 안 해요. 그렇지만 바

가 문제인 건 사실이에요. 팜 가든에 불량배들이 많이 오거든요…. 그 여자들이 대회를 언제쯤 중단시킬까요?"

"글쎄, 여하튼 중단시키긴 하겠지. 그렇게 되면 뭘 할 생각이에요?"

"일단 햇빛을 좀 쐴 거예요. 원래는 비를 좋아했지, 햇빛은 질색이었는데 이제는 정반대가 됐어요. 여기서는 햇빛을 통 못 보잖아요."

"그다음에는 뭘 할 건데요?"

"생각 안 해봤는데요."

"그렇군요. 글로리아는 어디 갔어요?"

"운동복을 갈아입고 있어요. 곧 나올 거예요."

"글로리아 몸이 많이 약해졌죠? 의사가 하루에도 몇 번씩 진찰한다던데."

"별거 아니에요. 의사는 모두에게 그래요. 글로리아는 괜찮아요."

하지만 글로리아는 괜찮지 않았다. 우리는 정상적으로 경주를 치르지 못하고 있었다. 지난 이틀은 완주한 게 용할 정도였다. 두 번의 경주 동안 글로리아는 열 번도 넘게 경주로 밖으로 실려 나갔다가 돌아왔다. 글로리아가 괜찮지 않은 것은 의사가 하루에 예닐곱 번씩 그녀의 심장 상태를 확인했기 때문만은 아니었다. 청진기로는 그녀의 고통이 어디서 비롯되는지 찾아낼 방법이 없었다.

"이리 와봐요, 로버트." 레이든 부인이 말했다. 그녀가 내 이름을 부른 것은 처음이었기에 살짝 부끄러웠다. 나는 대회의 규칙을 어긴다는 소리를 듣지 않게 계속 흔들거리며 울타리에 몸을 기댔다. 장내는 사람들로 가득했다. "내가 당신을 아주 좋게 생각하는 것 알지요?" 레이든 부인이 속삭였다.

"예, 알지요."

"내가 후원사를 붙여준 것도 알고 있고요?"

"그럼요."

"그럼 날 믿을 수 있겠어요?"

"네, 믿어요."

"로버트, 글로리아는 당신 짝으로 부족해요."

나는 다음 말을 기다리며 묵묵히 있었다. 레이든

부인이 왜 이토록 내게 관심을 보이는지 알 수 없는 노릇이었다. 혹시…, 아냐. 그럴 리 없었다. 내 할머니뻘 되는 사람인데!

"쓸모가 없잖아요. 성질도 고약하고. 당신 인생까지 망칠 거예요. 인생 망치고 싶어요?"

"글로리아 때문에 제 인생을 망칠 일은 없어요."

"대회가 끝나면 다시는 그 여자를 보지 않겠다고 약속해요."

"아, 결혼할 사이도 아닌걸요. 좋아하는 사이도 아니고. 그리고 글로리아도 알고 보면 괜찮은 사람이에요. 가끔 우울해져서 그렇지."

"우울한 게 아니라 막돼먹은 거지. 뭐 하나 좋게 보는 법이 없잖아요. 모질고 위험한 여자야."

"글로리아를 그렇게 싫어하는지 몰랐습니다, 부인."

"나는 나이를 먹을 만큼 먹었어요. 아주, 아주 나이가 많은 여자지. 그러니 뭘 모르고 하는 얘기가 아니에요. 로버트, 이 대회가 다 끝나면…, 그러니까, 내가 생각만큼 돈이 없거나 하진 않거든. 없어

보여도 전혀 그렇지가 않아. 돈이 많아요. 아주 많지. 별날 정도로. 그러니까 여기서 나가게 되면…"

"안녕하세요." 글로리아가 불쑥 나타났다.

"아…, 안녕하세요." 부인이 잠시 멈칫하더니 인사했다.

"무슨 일이죠? 제가 뭘 방해했나요?" 글로리아가 물었다.

"아무 일도 아니에요." 내가 대답했다.

레이든 부인은 신문을 펼쳐 들고 읽기 시작했다.

글로리아와 나는 무대 쪽으로 이동했다.

"저 여자가 혹시 내 얘기를 하던가요?"

"아니요. 이 대회가 중단되면 어떡하나, 그런 얘기를 하고 있었어요."

"다른 얘기도 했잖아요. 내가 다가가니까 저 여자가 조개처럼 입을 싹 다물던데?"

"기분 탓이겠죠."

로키가 마이크 앞에 섰다. "신사 숙녀 여러분! 아니지, 신문에 쓰인 대로 우리 '얼간이' 여러분!" 로키의 말에 잠잠하던 장내는 웃음바다가 됐다. 손님들은 로키의 우스갯소리를 재미나게 받아들였다.

“세계 마라톤 댄스 대회는 오늘도 계속됩니다. 최후의 우승자가 가려질 때까지 멈추지 않겠습니다. 오늘 밤 이곳을 찾아주신 분들에게 대단히 감사하다는 인사를 올립니다. 아울러 내일 밤 이곳에서 있을 성대한 결혼식도 잊지 말고 찾아주시기 바랍니다. 71호 커플, 뷔 러벌 군과 메리 홀리 양이 내일 바로 이곳에서 여러분이 보는 가운데 결혼식을 올립니다. 유명 목사가 주례를 선다지요. 내일 입장권을 예약하지 않으신 분들은 서두르시는 게 좋을 겁니다.”

“자, 그럼, 경주를 시작하기 전에 이곳을 찾아주신 특별한 손님들을 소개하겠습니다.” 로키가 대본을 확인했다. “여러분, 미남 영화배우 빌 보이드(영화 ‘호팔롱 캐시디Hopalong Cassidy’ 시리즈에서 카우보이 영웅 역을 맡아 인기몰이를 한 배우 - 역자 주) 씨가 이곳을 찾아주셨습니다. 인사해주시겠어요, 보이드 씨?”

빌 보이드가 일어나 꾸벅 인사를 했다. 손님들은

박수를 보냈다.

"이번에는 영화와 연극 무대에서 활약 중이신 켄 머레이(당대 유명 배우이자 코미디언. 영화 '불명예 Disgraced', '본부에서From Headquarters' 등에 출연함 - 역자 주) 씨를 소개합니다. 머레이 씨는 동료 배우들과 함께 와주셨군요. 무대에 올라 직접 소개해주시겠습니까?"

우레와 같은 박수 소리가 터져 나왔다. 잠시 망설이던 머레이는 울타리를 넘어 무대로 직진했다.

머레이가 마이크 앞에 섰다. "안녕하십니까. 먼저, 다들 알고 계실 애니타 루이즈(영화 '한여름 밤의 꿈A Midsummer Night's Dream'에 출연해 이름을 알린 배우. 아래 언급된 배우들도 당대 활동한 실존 배우들임 - 역자 주) 양을 소개합니다."

애니타 루이즈가 일어났다.

"그리고 준 클라이드 양~"

준 클라이드가 일어났다.

"톰 브라운 군~"

톰 브라운이 일어났다.

“여기까지입니다, 여러분.”

머레이가 로키와 악수한 후 자리로 돌아갔다.

“신사 숙녀 여러분~” 로키가 다시 마이크를 잡고 떠들기 시작했다.

*

“유명한 감독이 왔는데 그 사람은 소개하질 않네요. 저기 프랭크 보제이즈(미국 영화 감독으로 로맨스 영화에 뛰어난 감각을 보였으며, ‘제7의 천국7th Heaven’으로 제1회 아카데미 감독상을 받음 - 역자 주)가 앉아 있어요. 가서 말을 걸어봅시다.” 내가 글로리아에게 제안했다.

“뭐 하러요?”

“감독이잖아요? 영화판에 들어가게 도움을 줄지도 몰라요.”

“영화고 나발이고 그냥 죽었으면 소원이 없겠어요.”

“어휴, 나라도 가볼래요.”

나는 심하게 쭈뼛거리며 특별관람석 쪽으로 걸어갔다. 괜히 기가 죽어 돌아가고 싶은 마음이 두세 번 정도 들었다.

'그래도 한번 가보자. 세계에서 가장 뛰어난 감독 중 한 명이잖아. 언젠가 유명해지면 이날 일을 기억하느냐고 물어봐야지.'

"안녕하세요, 보제이즈 씨."

"안녕하시오. 오늘 이길 것 같습니까?"

"그러길 바라야죠. 저…, '위대한 영광No Greater Glory' 잘 봤습니다. 정말 대단하던데요."

"그렇게 말해주니 고맙군요."

"저도 언젠가 그렇게 되고 싶습니다. 선생님 같은 감독이…"

"꼭 그렇게 되길 바라요."

"그럼, 안녕히 계세요."

나는 플로어로 돌아왔다.

"저기 프랭크 보제이즈 씨가 왔어요." 내가 키드 캠에게 말했다.

"누구요?"

"대단한 감독이에요."

"아…"

"좋습니다. 심판들 준비되었나요? 롤로, 채점지를 다 나눠줬겠지? 자, 그럼 한번 가봅시다." 로키가 말했다.

참가자들은 모두 출발선 앞에 섰다.

"이제는 운에 맡길 수도 없어요. 정신 바짝 차려요." 내가 글로리아에게 말했다.

"다들 준비하시고! 간호사들과 교관들도 대기해요. 자, 여러분, 깜짝 놀라실 겁니다. 악단은 음악을 준비해줘요."

로키가 직접 화약총 방아쇠를 당겼다.

글로리아와 나는 부리나케 치고 나가 2등 자리를 차지했다. 선두에는 키드 캠과 재키 밀러 커플이 자리했다. 원래는 제임스 베이츠와 루비 베이츠가 늘 그 자리를 지키곤 했었다. 첫 번째 회전구간을 돌면서 나는 제임스와 루비에 대해 생각했다. 이제 그들은 어디로 갔을까. 그들이 사라진 경주는 어딘가 어색했다.

첫 번째 바퀴를 돌 때 즈음, 맥 애스턴과 베스 카트라이트 커플이 속도를 높여 우리를 제치고 2등 자리를 꿰찼다. 나는 필사적으로 내달렸다. 그래야만 했다. 이제 웬만한 약골들은 모두 탈락한 터였다. 남은 사람들은 하나같이 빨랐다.

예닐곱 바퀴를 돌 때까지 우리는 3등 자리를 지켰다. 관중은 어서 따라잡으라고 고래고래 소리를 질러댔다. 나는 차마 그럴 용기가 나지 않았다. 빠르게 달아나는 앞 커플을 추월하려면 회전구간을 돌 때 기회를 노려야 했는데 그러려면 힘을 너무 많이 빼야 했다. 잘 버티고 있는 글로리아에게 부담을 주고 싶지도 않았다. 그녀가 혼자 움직일 수 있기만 하면 걱정할 건 없었다.

8분 정도가 지나자 땀이 나기 시작했다. 나는 웃옷을 벗어 교관에게 내팽개쳤다. 글로리아도 웃옷을 벗어 던졌다. 어느새 여성 참가자들 대부분이 웃옷을 벗은 채 돌고 있었다. 그 모습에 관중은 신이 나 환호했다. 여자들은 작은 브래지어를 훤히 내놓고서 경주로를 따라 경보했고, 그럴 때마다 가슴이 위아래로 출렁였다.

‘추월당하지만 않으면 무사하겠어.’ 나는 생각했다.

그러나 바로 그때 추월당할 뻔한 위기를 맞이했다.

페드로 오르테가와 릴리언 베이컨 커플이 회전구간에서 안쪽 자리를 차지하려고 속도를 높인 것이다. 추월하려면 이 방법밖에 없었지만 사실 생각만큼 쉬운 일은 아니었다. 경주로가 일직선일 때 남들보다 적어도 두 배 빠르게 움직여서 곧장 회전구간 안쪽 자리로 꺾어 들어가야 했다. 이것이 페드로 커플의 계획이었다. 우리는 회전 길목에서 그들과 충돌했지만, 다행히 글로리아가 넘어지지 않고 버틴 덕에 그나마 속도를 유지할 수 있었다.

누군가 휘청거렸는지 관람석 쪽에서 크게 술렁이는 소리가 들렸다. 그리고 얼마 안 있어 누군가 바닥에 쿵 하고 넘어지는 소리가 들렸다. 나는 뒤돌아보지 않았다. 이제 이런 일은 내게 익숙했다. 회전구간을 다 돌고 나오는 길에 보니 뷔 러벌의 파트너 메리 홀리가 간이침대에 누워 치료를 받고 있었다. 간호사와 교관들이 그녀를 보살폈고 의사가 청진기로 그녀를 진찰했다.

"솔로에게 자리 좀 양보해줍시다!" 로키가 소리쳤다.

뷔가 내 곁을 지나쳐갔다. 이제 그는 우리가 한 바퀴를 도는 동안 두 바퀴를 돌아야 했다. 홀리가 누워 있는 쪽을 바라보는 그의 표정에 고통이 묻어났다. 사실 그는 괴로워한다기보다 파트너가 얼른 돌아오기를 바랄 뿐이었다. 홀리는 뷔가 혼자 네 바퀴를 돌고 난 후에야 경주로로 돌아왔다.

나는 간호사에게 물수건을 달라고 손짓했고, 다음 바퀴를 시작할 즈음 간호사가 내 목덜미에 물수건을 얹어주었다. 나는 수건 끄트머리를 입으로 물고 버텼다.

"4분 남았습니다!" 로키가 크게 외쳤다.

이날 경주는 어느 때보다 아슬아슬했다. 키드와 재키 커플은 엄청난 속도로 선두를 유지했다. 글로리아와 나는 더 뒤처지지만 않는다면 탈락을 면할 수 있었지만, 둘 중 한 명이라도 넘어진다면 얘기는 달라진다. 어느 지점을 넘어간 순간부터는 의식하지 않고도 저절로 몸이 움직였는데, 그렇게 전속력으로 움직이다가도 순식간에 넘어질 수 있었다. 나는 글로리아에게 그런 일이 일어날까 봐 겁이 났다. 글로리아가 넘어지고 말까 봐. 이미 그녀는 내 벨트 손잡이에 서서히 의존하고 있었다.

'제발!' 나는 속으로 절규하며 그녀의 부담을 조금이라도 덜어주기 위해 속도를 살짝 늦췄다. 호시탐탐 기회를 노리던 페드로 커플이 바로 이 순간 회전구간에서 우리를 추월해 결국 3등 자리를 차지했다. 뒤에서 다른 사람들이 바짝 따라붙는 소리가 들렸다. 모두가 글로리아 발끝을 추격하고 있었다. 이제는 정말 여유를 부릴 수 없었다.

나는 바지춤을 한 번 추켜 올렸다. 내가 이렇게 하면 글로리아가 벨트 잡은 손을 바꾸는 것이 우리끼리 정한 약속이었다. 글로리아는 손을 바꿔 오른손으로 벨트 손잡이를 잡았다.

'다행이다.' 좋은 신호였다. 아직 그녀가 정신을 놓

은 것은 아니었으니까.

"1분 남았습니다!" 로키가 말했다.

나는 있는 힘껏 발을 내디뎠다. 선두를 지키던 키드와 재키의 속도가 느려지자 그 뒤를 따르던 맥과 베스, 페드로와 릴리언의 속도도 덩달아 느려졌다. 글로리아와 나는 그들을 쫓아가는 동시에 뒤에서 몰려오는 사람들에게 쫓기고 있었다. 아주 불리한 상황이었다. 뒤에 있는 사람들이 힘에 부쳐 우리를 추월하지 못하기를 간절히 바랄 뿐이었다. 약간의 충돌이라도 생긴다면 글로리아는 곧장 다리가 풀려 쓰러질 게 뻔했다. 지금 이 시점에서 쓰러진다는 건….

나는 젖 먹던 힘까지 끌어모아 간발의 차로 추격자들을 물리쳤다. 경주 종료를 알리는 총성과 동시에 쓰러질 것 같은 글로리아를 붙들었으나 그녀는 다행히 정신을 잃지 않았다. 내 품에 안긴 그녀는 땀범벅이 된 얼굴로 비틀거리며 숨을 헐떡거릴 뿐이었다.

"간호사 부를까요!" 무대 위의 로키가 외쳤다.

"괜찮아요. 잠깐 쉬면 돼요!" 내가 말했다.

거의 모든 여자 참가자들이 부축을 받으며 탈의실로 들어갔다. 남자들은 탈락자가 누구인지 확인하러 무대 주변에 모여들었다. 롤로와 로키는 심판들로부터 건네받은 채점지를 확인했다.

이윽고 로키가 결과를 발표했다. “여러분, 어느 때보다 짜릿했던 오늘 경주의 결과가 드디어 나왔습니다. 1등은 18호 커플, 키드 캠 군과 재키 밀러 양입니다. 2등은 맥 애스턴 군과 베스 카트라이트 양이군요. 3등은 페드로 오르테가 군과 릴리언 베이컨 양이 차지했습니다. 4등은 로버트 시버튼 군과 글로리아 비티 양입니다. 여기까지가 오늘의 승자들입니다. 오늘의 패배자, 꼴찌 커플은, 규칙에 따라 이 대회를 떠나게 됩니다. 아쉽게도 11호 커플, 제리 플린트 군과 베라 로젠필드 양입니다.”

“헛소리 집어치워! 뭔가 잘못됐다고!” 제리 플린트가 무대 앞으로 나오며 쩌렁쩌렁한 목소리로 따졌다.

“직접 확인해보게.” 로키가 제리에게 채점지를 건

넸다.

“우리였으면 좋았을걸. 우리가 탈락했으면 좋았을 텐데.” 글로리아가 고개를 들며 말했다.

“쉿, 쉿.” 내가 말했다.

“이딴 건 필요 없어. 다 엉터리라고!” 제리는 로키에게 도로 채점지를 건넸다. “잘못된 게 틀림없어. 꼴찌가 아닌데 왜 탈락이라는 거요?”

“경주하면서 바퀴 수를 세기라도 했단 거야?” 로키는 답을 알면서도 무안을 줄 요량으로 물었다. 경주하는 사람이 스스로 바퀴 수를 세기란 불가능하다는 것을 그는 잘 알고 있었다.

“그건 아니지만, 우리는 경주로 밖으로 나간 적이 없었고, 메리는 밖에 나갔다가 들어왔지 않습니까. 분명 우리가 뷔와 메리보다 먼저 출발해 먼저 도착했는데.”

“그렇단 말이지? 이 자들 기록을 한 번 확인해봐요.” 로키가 옆에 서 있던 남자에게 말했다.

“당신이 잘못 생각한 거예요. 제가 아주 꼼꼼히 확인했거든요.” 기록을 다시 확인한 남자가 제리에게 말했다.

“안 됐네. 운이 없었어.” 삭스 도널드가 심판들 틈을 비집고 나오며 제리에게 위로를 건넸다.

“운이 아니라 다 짜고 치는 거잖아요. 장난치지 마쇼. 뷔와 메리가 탈락하면 내일 결혼식을 못 치르니까 이러는 거잖습니까.”

“자, 자. 얼른 탈의실로 가보게.” 삭스가 그를 달랬다.

“좋습니다.” 제리는 이렇게 말하고는 자신과 베라의 바퀴 수를 센 남자에게로 다가갔다. “그 짓을 하면 삭스가 얼마를 준답디까?”

“무슨 말인지 모르겠소만.”

제리는 남자의 입가에 대뜸 주먹을 날려 그를 쓰러트렸다.

삭스가 뒷주머니에 손을 갖다 대며 제리에게 다가갔다.

“그 곤봉을 꺼냈다가는 입에 처박아 줄 테니까 그런 줄 아쇼.” 제리는 이렇게 경고한 뒤 탈의실로 걸어갔다.

관중은 무슨 일이 일어났는지 구경하러 일제히 서서 웅성거리고 있었다.

“들어갑시다.” 내가 글로리아에게 말했다.

집행 예정일은 9월 19일로…

12

누적 시간 879

남은 커플 20

글로리아는 하루 내내 침울했다. 나는 틈날 때마다 그녀에게 무슨 생각을 그렇게 하느냐고 물었다. 그러면 그녀는 "아무것도…"라고 대답했다.

내가 멍청했지.
무슨 생각을 하는지 왜 몰랐을까.
어쩜 그렇게 멍청했을까.
그때는 뭘 몰라도 한참 몰랐었어.

판사가 내 앞에 앉아 안경 너머로 날 바라보며

뭔가를 말하고 있다.
일말의 망설임도 없이 안경을 관통하는
그의 시선처럼, 그의 말이 나오는 족족
내 몸을 관통해버린다.
판사의 안경이 그의 시선을 잡아두지도
가둬두지도 못하는 것처럼,
내 귀와 머리는 그의 말을 좀처럼
담아두지 못한다.
그의 말은 내 발끝에, 다리에,
몸통에, 두 팔에 걸릴 뿐,
귀와 머리에는 들어오지 않는다.

내 귀와 머리는 거리에서 외치는
신문 배달 소년의 소리를,
지나가는 전차 소리를,
달리는 자동차 소리를,
깜빡이는 신호등의 경고음을,
법정 안 사람들의 숨소리와 발소리를,
의자에서 나는 삐거덕 소리를,

누군가 타구唾具에 침을 뱉는,

작은 소리를 듣는다.

귀와 머리로 이러한 것들에 집중하는 동안

판사의 말은 내 몸을 스치고 지나간다.

사실 이날 글로리아가 침울해할 이유는 전혀 없었다. 아침부터 붐비던 손님들이 점심이 지나고서부터는 더 많아져 결혼식 직전에는 빈자리를 찾아보기 힘들 정도였으며 표도 거의 동난 상태였다. 온갖 깃발과 화려한 천이 홀 곳곳을 장식했다. 폭죽이 터지고 무대 위 악단이 국가를 연주한다면 딱 어울릴 것 같았다. 이날은 실내를 꾸미러 온 일꾼들과 자리를 가득 채운 손님들, 식전 예행 연습, 어머니 연맹이 항의하러 온다는 소문까지 더해져 시종일관 들뜬 분위기였다. 게다가 조너선 비어 측에서 글로리아와 내게 새로운 협찬 의상을 보내오기까지 했다.

그러니 글로리아는 침울해할 이유가 전혀 없었다.

그러나 그녀는 어느 때보다도 침울했다.

“저기…” 특별관람석에서 누군가 말을 걸어왔다. 처음 보는 남자였다. 그는 내게 가까이 오라고 손짓했다.

‘그 자리는 레이든 부인이 맡아놓은 자린데. 부인이 오면 내줘야 할 텐데.’ 나는 그에게 다가가며 속으로 생각했다.

“자네가 22호 커플인가?”

“네.”

“파트너는?”

“저쪽에 있어요.” 나는 무대 근처에서 다른 여자들과 함께 있는 글로리아를 가리켰다.

“데려와 봐. 할 말이 있으니까.”

“알겠어요.” 나는 글로리아를 데리러 가며 생각했다. ‘누구지?’

“저기 저 남자가 할 말이 있대요.” 내가 글로리아에게 말했다.

“아무도 안 만나고 싶은데.”

“멀쩡한 남자던데요. 옷도 잘 차려입었고. 좀 있어 보여요.”

"있어 보이든 말든 상관없어요."

"제작자일 수도 있잖아요. 당신이 마음에 든 걸 수도 있죠. 드디어 기회가 찾아온 건지도 몰라요."

"기회는 무슨."

"어서요. 계속 기다리잖아요."

글로리아는 나와 함께 그가 있는 쪽으로 걸어갔다.

"영화판이 얼마나 더러운데요. 싫은 사람과 만나야 하고 재수 없는 사람에게도 친절하게 굴어야 한다고요. 때려치운 게 잘한 짓이지."

"이제 막 시작해놓고 뭘 그래요." 나는 그녀의 기운을 북돋아 주고 싶었다.

그때는 그녀의 말을 대수롭지 않게 넘겼지만,
그래서는 안 됐어.

"여기 이 여자예요." 내가 조금 전 남자에게 글로리아를 소개했다.

"나 누군지 모르지?" 남자가 대뜸 물었다.

"모릅니다."

"맥스웰이라고 하네. 조너선 비어 홍보 담당자."

"반갑습니다, 맥스웰 씨." 나는 그와 악수했다.

"이쪽은 제 파트너 글로리아 비티입니다. 저희를 후원해주셔서 감사합니다."

"나한테 고마워할 건 없고 레이든 부인에게 고마워해야지. 부인이 추천해줬으니까. 오늘 우리가 보낸 물건은 받았겠지?"

"네, 정말 필요한 때에 왔어요. 안 그래도 새 옷이 필요했거든요. 대회를 치르다 보면 옷이 빨리 망가져요. 이곳엔 와본 적 있으십니까?"

"아니. 레이든 부인이 하도 와보라고 해서 오늘 처음 와봤네. 경주 얘기를 하던데 오늘도 경주가 있나?"

"고작 결혼식 때문에 경주를 미룰 순 없죠. 식이 끝나면 바로 있을 예정입니다."

"난 이만 가볼게요." 글로리아가 자리를 떴다.

"내가 무슨 말실수라도?" 맥스웰이 날 보며 물었다.

"아뇨. 저쪽에서 마지막으로 할 일이 남았거든요. 결혼식이 얼마 안 남아서."

맥스웰은 내가 글로리아의 무례함을 덮으려 거짓말한다는 것을 알아채고는 인상을 썼다. 그는 멀어지는 글로리아를 한동안 지켜보다 다시 내게로 시선을 돌렸다. "오늘 경주에서 이길 것 같은가?"

"자신이야 있죠. 물론 이기는 것보다 지지 않는 게 훨씬 중요해요. 꼴찌를 하면 바로 탈락하거든요."

"우리 회사가 우승 커플에게 250달러를 건다고 치면, 그쪽이 그걸 따낼 수 있겠어?"

"죽을 각오로 달려야죠."

"좋아." 그가 나를 위아래로 훑으며 말했다. "레이든 부인 말로는 영화 쪽에 생각이 있다던데?"

"맞습니다. 배우보다는 감독이 되고 싶어요."

"그럼 맥주 공장에서 일하는 건 별로겠군?"

"아무래도…"

"영화를 찍어는 봤고?"

"아니요. 하지만 준비는 되어 있어요. 잘 만들 자신도 있고요. 아, 볼레슬라브스키나 마물리언이나 킹 비더(미국 영화계의 거장 영화감독. '빅 퍼레이드The Big Parade', '군중The Crowd' 등 여러 대표작을 남김 - 역자 주)처럼 대형 영화를 연출할 생각은 아직 없어요. 규모가 작은 영화를 먼저 해보려고요."

"예를 들면?"

"일단 20분이나 30분짜리 영화를 만들 겁니다. 고물상의 하루나 지극히 평범한 남자의 삶을 찍고 싶어요. 예를 들면 일주일에 300달러를 벌면서 자식들을 키우고, 집도 사고, 차도 사고, 라디오도 사는 남자, 그래서 늘 돈에 쫓기는 남자가 주인공인 영화요. 뭔가 좀 색달랐으면 좋겠어요. 카메라 앵글로도 뭔가를 이야기할 수 있는…"

"그렇군."

"지루하셨다면 죄송해요. 이런 얘길 들어주는 사람이 원체 없어서…, 한번 말을 시작하니까 끊기 어렵네요."

"지루하지 않아. 실은 아주 흥미가 가는데."

"저 혼자 너무 떠든 건 아닌가 싶네요."

"안녕하세요." 레이든 부인이 특별관람석에 들어

섰다. 맥스웰은 자리에서 일어났다.

"거긴 내 자리예요, 존. 당신은 이쪽에 앉아요."

부인의 말에 그는 웃으며 자리를 옮겼다. "세상에, 잘생긴 것 좀 봐." 레이든 부인이 나를 바라보며 말했다.

"턱시도는 생전 처음이에요." 나는 얼굴을 붉혔다.

"도널드 씨가 남성 참가자들에게는 턱시도를 빌려주고, 여성 참가자들에게는 드레스를 대여해줬어요. 이따 결혼식에서 다 함께 행진하게 됐어요."

"존, 어떻게 생각해요?" 레이든 부인이 맥스웰에게 물었다.

"쓸 만한 청년이군요."

"나는 이 사람 말이면 무조건 믿어요." 부인의 말에 나는 그제야 맥스웰이 내게 했던 질문들의 의미를 이해했다.

"여기를 봐주세요!" 로키가 마이크 앞에 섰다. "여러분, 모두 여기를 봐주십시오. 이제 곧 있으면 71호 커플, 뷔 러벌 군과 메리 홀리 양의 결혼식이 치러집니다. 오늘 밤 결혼식 말고도 다른 행사가 준비되어 있다는 걸 잊지 마시길, 이건 시작에 불과합니다. 시작에 불과해요. 결혼식 후에 있을 경주를 기대해주십시오!"

삭스 도널드가 로키에게 다가와 귓속말로 뭔가를 전달했다.

"여러분, 오늘 주례를 맡을 목사님을 소개합니다. 오스카 길더 목사님 다들 아시지요? 목사님, 나와 주시겠습니까?"

목사가 무대 앞 플로어로 걸어 나왔다.

"다들 자리로." 삭스가 우리를 향해 지시했다. 우리는 정해진 자리로 갔다. 여자들이 무대 앞 플로어 한쪽 끄트머리에, 남자들이 그 맞은편에 자리했다.

"결혼식을 시작하기 전에 후원해주신 분들에게 감사 인사를 드리고자 합니다. 먼저 신부의 웨딩드레스는 본 탑 옷가게의 새뮤얼스 씨가 협찬해주셨습니다. 새뮤얼스 씨 어디 계신가요?"

새뮤얼스가 일어나 꾸벅 인사했다.

"신부의 구두는 메인 스트리트 구두 가게에서 보내주셨습니다. 데이비스 씨? 일어나주세요."

데이비스가 일어났다.

"스타킹과 속치마는 폴리 달링 걸스 상점에서 협찬해주셨습니다. 라이트풋 씨, 어디 계신가요?"

라이트풋이 환호하는 관객들 사이에서 일어났다.

"신부 머리는 퐁파두르 미용실에서 도와주셨습니다. 스미스 양?"

스미스가 일어났다.

"그리고 신랑 의상은 타워 양복점에서 전부 협찬해주셨습니다. 타워 씨~"

"장내 꽃들과 여성 참가자들의 의상은 시커모어 리지 탁아소에서 선물해주셨습니다. 뒤프레 씨~"

뒤프레가 일어났다.

"자, 그럼 오늘 두 주인공을 위해 주례를 맡은 오스카 길더 목사님에게 마이크를 넘기도록 하겠습니다!"

그가 무대 앞 플로어에서 대기하던 롤로에게 마이크 스탠드를 건넸다. 스탠드 앞에 선 길더 목사가 악단을 향해 신호를 보냄과 동시에 결혼 행진곡이 울려 퍼졌다.

우리는 행진을 시작했다. 플로어 한쪽에는 여자들이, 다른 한쪽에는 남자들이 서서 홀 끝까지 나란히 행진한 다음 목사가 있는 곳까지 되돌아가야 했다. 나는 여자들이 바지나 운동복이 아닌 옷을 입고 플로어에 나온 것을 이날 처음 보았다.

우리는 오후에 두 차례 연습한 대로, 한 발자국 후에 걸음을 완전히 멈췄다가 다시 움직였다. 무대 뒤편에서 신랑과 신부가 모습을 드러내자 박수와 환호 소리가 쏟아졌다.

내가 레이든 부인 곁을 지나갈 때 그녀는 나를 향해 고개를 끄덕였다.

우리는 행진을 마친 후 무대에 자리를 잡았고, 뷔와 메리, 신랑 신부 들러리인 키드 캠과 재키 밀러는 플로어에 남아 목사 앞에 섰다. 목사는 악단의 연주를 멈추게 한 다음 주례를 시작했다. 식이 진행되는 내내 나는 글로리아를 노려봤다. 그녀가 맥스웰에게 얼마나 무례했는지 말해주고 싶었지만 그럴 기회를 잡지 못한 터였다. 그래서 그녀와 눈이 마주치면 이따 말 좀 하자는 뜻을 눈빛으로라도 전할 작정이었다.

"이제 부부가 되었음을 선언합니다!" 길더 목사는 이렇게 말한 후 고개를 숙여 기도하기 시작했다.

여호와는 나의 목자시니
내게 부족함이 없으리로다.
나를 푸른 풀밭에 누이시고
잔잔한 물가로 인도하시는도다.
내 영혼을 살리시고 당신의 이름을 드높이도록
나를 정의의 길로 이끄시는도다.
내가 어두운 죽음의 골짜기를 지나더라도
두려워하지 않는 것은
당신이 나와 함께 하시기 때문이요,
당신의 지팡이와 막대기가 나를 위로하는도다.
내 적들 앞에서 내게 상을 차려주시고
내 머리에 기름을 부으시니 내 잔이 넘치나이다.
내 평생에 선하심과 자비가 나를 따를지니
내가 영원히 여호와의 집에 살리로다.

기도가 끝나자 뷔가 메리의 볼에 가볍게 입을 맞췄고 우리가 그들을 에워쌌다. 박수와 환호 소리가 터질 듯 장내를 가득 메웠다.

"잠깐, 잠깐만요!" 로키가 마이크를 잡고 손님들을 진정시켰다. "잠시 조용히 해주십시오!"

소리가 차츰 잦아들었다. 그런데 바로 그 순간, 팜 가든이 있는 홀 끄트머리에서 유리가 와장창 깨지는 소리가 들렸다.

"안 돼!" 한 남자의 비명과 함께 다섯 발의 총성이 마치 한 번의 긴 총성처럼 아주 짧은 간격으로 연달아 울렸다.

장내는 순식간에 혼란에 빠졌다.

"앉아 계세요! 다들 움직이지 마세요!" 로키가 소리쳤지만 소용없었다.

사람들이 너 나 할 것 없이 팜 가든으로 달려갔고 나도 그들을 뒤따랐다. 삭스 도널드가 곤봉이 들어 있는 뒷주머니에 손을 갖다 대며 나를 지나쳐 뛰어갔다.

나는 삭스를 따라 울타리를 뛰어넘어 텅 빈 특별

관람석을 지나 팜 가든으로 들어갔다. 사람들이 둥그렇게 모여 바닥을 보며 웅성대고 있었다. 나는 사람들 틈을 비집고 나아가는 삭스 뒤에 바짝 붙어 움직였다.

바닥에는 한 남자가 죽어 있었다.

"누구 짓이오?" 삭스가 물었다.

"저기 저 남자 짓입니다." 누군가 대답했다.

삭스는 뒤에 있던 나를 밀치고 그 남자에게 다가갔다. 내 바로 뒤에는 조금 놀랍게도 글로리아가 있었다.

총을 쏜 남자는 바에 팔을 기댄 채 서 있었다. 얼굴에는 피가 흐르고 있었다. 삭스가 그의 앞에 섰다.

"저놈이 먼저 시작했소. 맥주병으로 나를 죽이려 했다고."

"이 새끼가!" 삭스가 곤봉으로 그의 얼굴을 냅다 쳤다. 남자는 휘청거리며 바에 부딪혔으나 쓰러지지는 않았다. 삭스는 사정없이 곤봉으로 그의 얼굴을 치고, 치고, 또 쳤다. 사방으로 피가 튀었다. 삭스는 말 그대로 남자를 때려눕히고 있었다.

"이봐요, 삭스!" 누군가 그를 불렀다.

9미터쯤 떨어진 곳에 또 다른 무리가 둥그렇게 모여 수군대고 있었다. 사람들을 헤치고 가보니 그곳에 어떤 여자가 누워 있었다.

"이런, 제기랄!" 삭스 도널드가 욕을 내뱉었다.

레이든 부인이 이마에 총알이 박힌 채 죽어 있었다. 무릎을 꿇고서 그녀의 머리를 받치고 있던 맥스웰이 머리를 바닥에 조심스레 눕힌 후 자리에서 일어났다. 레이든 부인의 머리가 천천히 옆으로 떨궈졌다. 그러자 눈가에 고여있던 피가 조금씩 새어 나와 바닥을 적셨다.

맥스웰이 글로리아와 나를 발견하고 우리 쪽으로 다가왔다.

"곧 있을 경주의 심판을 보러 온 거였소. 하필 빗나간 총알에 맞아서."

"나였으면 좋았을걸…" 글로리아가 작은 목소리로 중얼거렸다.

"빌어먹을!" 삭스 도널드였다.

*

참가자들은 여자 탈의실에 전부 모였다. 밖에는 경찰과 기자들만 돌아다니고 있었다.

삭스가 천천히 입을 뗐다. "여기 모인 이유를 다들 알겠지. 내가 무슨 말을 하려는지도 아마 눈치챘을 거야. 방금 일어난 일 때문에 괜히 마음 쓸 필요 없어. 그냥 어쩌다 일어난 일이니까. 자네들도 힘들겠지. 물론 나도 힘들고. 이제 막 좋아지려던 참인데…"

"로키와 상의해봤는데 10,000달러 상금을 쪼개서 자네들에게 모두 나눠주기로 했어. 내 사비를 털어서 10,000달러를 더 얹어줄 거고. 그러면 한 명당 500달러씩을 챙길 수 있지. 불만 없지?"

"네." 우리가 대답했다.

"대회를 계속할 수는 없습니까?" 키드 캠이 물었다.

"그건 힘들어. 순결 지킴이 연맹인가 뭔가 하는 여

편네들도 계속 참견할 테고." 삭스가 고개를 내저었다.

"자, 그동안 즐거웠네. 어쩌면 나중에 다시 대회를 열지도 몰라."

"돈은 언제 받을 수 있어요?" 뷔 러벌이 물었다.

"아침에. 오늘 여기서 묵고 싶으면 편한 대로 해. 지금 당장 떠난다 해도 말리지 않겠지만. 돈은 내일 아침 열 시 이후로 아무 때나 주도록 하지. 자, 그럼, 안녕히. 나는 경찰서에 가봐야 해서."

집행 과정은 캘리포니아 주법을 따른다.

13

글로리아와 나는 댄스 플로어를 가로질렀다. 내 발소리가 과연 내 것인가 싶게 평소보다 크게 울렸다.

앞문에는 로키가 경찰관과 함께 서 있었다.

“어디 가는 거야?” 로키가 물었다.

“바람 쐬러요.” 글로리아가 말했다.

“다시 돌아올 건가?”

“곧 돌아올 거예요. 바깥 공기를 좀 쐬어야겠어요. 밖에 안 나간 지 한참 되어서.” 내가 대답했다.

“너무 오래 있지 말라고.” 로키가 혀끝으로 입술을 적시며 글로리아를 의미심장하게 바라봤다.

"저리 꺼져요." 글로리아는 이렇게 대꾸한 뒤 밖으로 나갔다.

새벽 두 시가 넘은 시간이었다. 안개가 자욱한 바깥공기는 축축했지만 상쾌했다. 마치 내 폐가 맑고 묵직한 공기 덩어리를 한 입 베어 무는 느낌이 들었다.

'이런 공기 오랜만이네.' 나는 속으로 생각했다.

몸을 돌려 우리가 지금껏 있었던 건물을 바라보았다.

"그러니까 우리가 계속 저 안에 갇혀 있었단 말이죠? 요나가 고래를 보던 기분을 알 것 같아요."

"이상한 말 좀 말아요."

우리는 건물을 빙 둘러 다리까지 걸어 나갔다. 다리는 내 시야가 닿는 곳까지 길게 뻗어 있었고, 파도가 철썩일 때마다 위아래로 삐거덕거리며 미세하게 움직였다.

"파도가 치는데도 다리가 휩쓸리지 않는 게 참 신기해요."

"머리에 파도 생각뿐인가 봐요."

"아닌데요."

"한 달 내내 그 얘기뿐이잖아요."

"가만히 서 있으면 내 말을 이해할걸요. 파도가 위아래로 움직이는 걸 느껴봐요."

"지금도 느껴져요. 이게 뭐 호들갑 떨며 걱정할 일인가. 늘 이래왔는데."

"나는 바다에 집착하는 게 아니에요. 앞으로 바다를 평생 못 보더라도 상관없어요. 앞으로 안 봐도 될 만큼 충분히 봤으니까."

우리는 파도 비말에 젖은 벤치에 앉았다. 다리 끄트머리에는 몇몇 남자가 울타리 밖에 걸터앉아 낚시를 즐기고 있었다. 시꺼먼 밤하늘에는 달도 별도 보이지 않았다. 기슭 언저리에는 하얀 거품 선이 불규칙하게 이어져 있었다.

"바람을 쐬니 좋네요." 내가 말했다.

글로리아는 아무 말 없이 기슭 저 너머 불빛이 반짝이는 곳을 물끄러미 바라보았다.

"저기가 말리부예요. 유명한 배우들은 다 저기 산대요."

"이제 뭐 할 거예요?" 그녀가 마침내 입을 열었다.
"잘 모르겠어요. 일단 내일 맥스웰 씨를 보러 갈까 해요. 일자리를 얻을지도 몰라요. 나한테 확실히 관심을 보였거든요."
"늘 내일이죠. 기회는 늘 내일에만 오네요."

남자 두 명이 낚싯대를 들고 지나갔다. 그중 한 명은 1미터가 조금 넘는 귀상어를 질질 끌고 있었다.
"이제 이놈도 더는 까불지 못할 거야." 그가 옆에 있는 남자에게 말했다.

"이제 뭐 할 계획이에요?" 내가 글로리아에게 물었다.
"이 도돌이표에서 벗어나려고요. 이놈의 고약한 것과도 이제 끝이에요."
"고약한 거?"
"인생이요."
"좀 더 긍정적으로 생각하면 안 돼요? 매사를 삐딱하게만 보지 말고."

"가르치려 들지 말아요."

"그런 게 아니에요. 어쨌든 태도를 바꾸긴 해야 해요. 좀 정상적으로. 주위 사람들한테 죄다 안 좋은 영향만 끼치잖아요. 나만 해도 그래요. 당신을 만나기 전까지는 내가 성공하지 못하리라고는 생각도 안 해봤어요. 실패에 대해서는 눈곱만큼도 생각하지 않았다고요. 그런데 지금은…"

"어디서 그런 말을 주워들었어요? 스스로 그런 생각을 하지는 않았을 테고."

"주워들은 게 아녜요."

글로리아는 말리부가 보이는 바다 쪽으로 다시 고개를 돌렸다. "이러고 있어 봤자 무슨 소용이람. 달라지는 건 없어…"

나는 가만히 바다를 내다보며 할리우드에 대해 생각했다. 내가 그곳을 가본 적이 있기는 했던가. 혹시 이 모든 게 꿈이어서, 곧 아칸소 집에서 깨어나 배달할 신문 더미를 안고 허겁지겁 계단을 내려가야 하는 건 아닌가.

"한심하기도 하지." 글로리아는 혼잣말했다. "그런

표정으로 볼 필요 없어요. 상태가 말이 아니란 건 나도 아니까."

'맞아, 정말 그래. 상태가 말이 아니야.' 나는 속으로 생각했다.

"댈러스에서 죽었으면 참 좋았을 텐데. 의사가 고작 이러려고 내 목숨을 살렸다는 생각을 하면…"

나는 아무 말도 하지 않았다. 계속 바다에 시선을 고정한 채, 상태가 말이 아니라는 그녀의 말이 아주 정확하다고, 그녀 말마따나 그녀가 댈러스에서 죽지 않은 것은 참으로 안 된 일이라고 생각했다. 정말이지 그녀는 죽는 편이 나았다.

"나는 그냥 부적응자예요. 누구에게도 도움이 못 돼요. 그런 식으로 보지 말라니까요."

"안 보고 있어요. 내 표정도 안 보이면서."

"보이거든요."

거짓말이었다. 그녀는 내 표정을 볼 수 없었다. 주위는 칠흑처럼 어두웠다.

"안에 들어갈까요? 로키가 볼일이 있는 것 같던데."

"볼일이야 뻔하죠. 그걸 들어줄 일은 이제 없어요. 다른 사람한테도 마찬가지고."

"무슨 소리예요?"

"정말 몰라요?"

"뭘 말이에요?"

"로키의 속셈."

"아…, 무슨 얘긴지 이제 알겠네요."

"남자들이 다 바라는 거잖아요. 뭐, 사실 상관없어요. 로키한테 대주는 것쯤이야. 서로 좋자고 그러는 거니까. 하지만 그러다 덜컥 발목이라도 잡혀버리면?"

"정말 그렇게 생각하는 건 아니죠?"

"진심이에요. 지금이야 내 몸 하나 보살필 수 있다지만, 애가 생기면? 그 애가 어떻게 자랄지는 당신도 알잖아요. 우리 같은 사람이 되겠죠. 그런 건 바라지 않아요. 어쨌거나 다 끝났어요. 이 지긋지긋한 세상에서 볼 장 다 봤다고요. 나도 다른 사람들도 다 죽어버렸으면 좋겠어요. 내가 주변 사람들을 모조리 망쳐버렸네요. 당신 말처럼."

“내가 언제 그렇게 말했어요?”

“조금 전에 그랬잖아요. 날 만나기 전까지는 실패에 대해 생각해본 적도 없다고…. 사실 내 잘못도 아니에요. 나도 어쩔 수 없는걸요. 한 번 죽으려고 했다가 실패한 후로는 다시 시도할 용기가 나질 않네요. 그래서 말인데…, 내 부탁 좀 들어줄래요?”

나는 아무 말 없이, 말뚝에 부딪히는 파도 소리와 위아래로 흔들리는 다리의 움직임을 느끼면서, 그녀의 말이 전부 옳다는 생각을 했다.

글로리아가 가방에서 뭔가를 주섬주섬 꺼냈다. 그녀 손에는 작은 권총이 들려 있었다. 처음 보는 총이었지만 놀랍지 않았다. 조금도 놀랍지 않았다.

“여기.” 그녀가 내게 총을 건넸다.

“싫어요, 저기로 치워요. 얼른 들어가죠. 쌀쌀하네요.”

“이걸로 제발 쏴줘요.” 글로리아가 내 손에 억지로 총을 들렸다. “쏴요. 이 고통을 끝낼 방법은 이것뿐이에요.”

'맞는 말이야. 그녀의 고통을 끝낼 방법은 이것뿐이야.'

아칸소에 살던 어린 시절,
여름이 되면 늘 할아버지 농장엘 갔었다.
하루는 아궁이 옆에서 할머니가 커다란 주전자에
잿물을 끓이는 걸 보고 있었는데,
할아버지가 들판을 가로질러
헐레벌떡 다가오더니 말했다.
"넬리 다리가 부러졌어."

할머니와 나는 울타리를 넘어
할아버지가 밭을 갈던 들판에 들어섰다.
쟁기에 묶인 넬리가 땅에 누워 낑낑대고 있었다.
우리는 그놈을 보기만 했다. 그저 보기만….
할아버지가 남북전쟁 당시에 썼던 총을 들고 왔다.
"이놈이 구멍에 발을 헛디뎌서 그만."
할아버지는 넬리의 머리를 쓰다듬으며
이렇게 말했다.

할머니가 내 고개를 다른 쪽으로 돌렸고
나는 울음을 터트렸다.
그리고 총소리가 들렸다.
그 소리는 아직도 내 귀에 생생하다.
넬리에게 달려가 그놈의 목덜미를
꼭 안아주었다.
그놈을 많이 아꼈다.
그래서 할아버지가 미웠다.
나는 일어나 주먹으로 할아버지 다리를 쳐버렸다.
이날 밤 할아버지는
자신도 넬리를 많이 아꼈지만,
총을 쏠 수밖에 없었다고 내게 얘기해주었다.
"그놈을 위해서 그런 거야. 가망이 없었으니까.
고통을 끝내려면 그 방법밖에 없었으니까…"

총은 내 손안에 쥐어져 있었다.
"알았어요. 준비되면 말해요."
"준비됐어요."

"어디를 쏠까요?"

"여기, 관자놀이에다가."

큰 파도가 부서지면서 다리가 넘실거렸다.

"지금요?"

"지금."

나는 총을 쐈다.

다리가 또 한 번 넘실거렸다. 파도가 물을 빨아들이는 소리와 함께 저 멀리 밀려 나갔다.

나는 바다에 총을 던졌다.

*

운전석에 앉은 경찰관이 차를 몰고, 나는 다른 경찰관과 함께 뒷좌석에 앉았다. 차는 사이렌을 울리며 도로를 질주했다. 마라톤 댄스 대회에서 우리를 깨울 때 울리던 그 소리와 똑같았다.

"왜 그 여자를 죽였어?" 옆에 앉은 경찰관이 물었다.

"내게 부탁해서요."

“이놈 말 들었어, 벤?”

“참 친절한 새끼네.” 벤이 어깨너머로 힐끔거리며 말했다.

“그게 다라고?” 옆에 앉은 경찰관이 다시 물었다.

“사람들은 말을 쏘잖아요…, 안 그래요?”

죄인의 영혼에 신의 자비가 내리길.

끝.

※ 실제 댄스 마라톤 대회 경기 영상 ☞

※ 유튜브 검색어 "Depression Dance Marathon"

※ 링크

https://www.youtube.com/results?search_query=depression+dance+marathon

"문학이 들려주는 삶의 지혜와 즐거움"

RAINBOW PUBLIC BOOKS

그들은 말을 쏘았다

발행일 초판 1쇄 2020년 6월 22일

발행인 박성범
지은이 호레이스 맥코이
옮긴이 송예슬
편집 강수진, 김호준
디자인 서은주
마케팅 이선영
발행처 레인보우 퍼블릭 북스
등록 제2018-000140호

주소 서울시 송파구 올림픽로 336, 1501호
전화 02-415-9798 팩스 0504-209-1941
이메일 submit@rpbooks.co.kr
ISBN 979-11-966846-8-6 (03840)

- 이 도서의 국립중앙도서관 출판예정도서목록(CIP)은 서지정보 유통지원시스템 홈페이지(http://seoji.nl.go.kr)와 국가자료종합목록 구축시스템(http://kolis-net.nl.go.kr)에서 이용하실 수 있습니다. (CIP제어번호 : CIP2020022915)
- 책값은 뒤표지에 있습니다.
- 파본이나 잘못 인쇄된 책은 구입하신 서점에서 교환해 드립니다.